Date: 4/4/16

SP FIC WINDER
Winder, Ludwig, 1889-1946,
El deber /

PALM BEACH COUNTY
LIBRARY SYSTEM
3650 SUMMIT BLVD.
WEST PALM BEACH, FL 33406

EL DEBER

LARGO RECORRIDO, 68

Ludwig Winder
EL DEBER
TRADUCCIÓN
DE RICHARD GROSS

EDITORIAL PERIFÉRICA

PRIMERA EDICIÓN: septiembre de 2014
TÍTULO ORIGINAL: *Die Pflicht*
El presente proyecto ha sido financiado con el apoyo
de la Comisión Europea. Esta publicación (comunicación)
es responsabilidad exclusiva de su autor. La Comisión
no es responsable del uso que pueda hacerse
de la información aquí difundida.

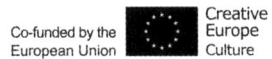

© Arco Verlag, Wuppertal
© de la traducción, Richard Gross, 2014
© de esta edición, Editorial Periférica, 2014
Apartado de Correos 293. Cáceres 10.001
info@editorialperiferica.com
www.editorialperiferica.com

ISBN: 978-84-92865-99-4
DEPÓSITO LEGAL: CC-215-2014
IMPRESIÓN: KADMOS
IMPRESO EN ESPAÑA – PRINTED IN SPAIN

El editor autoriza la reproducción de este libro, total o
parcialmente, por cualquier medio, actual o futuro, siempre
y cuando sea para uso personal y no con fines comerciales.

EL DEBER

I

La mañana del 15 de marzo de 1939, Josef Rada, un humilde funcionario del Ministerio de Tráfico en Praga, salió desprevenidamente de su casa para dirigirse a la oficina. Tenía mejillas de rosa y ojos serios de color azul agrisado. El tono rosáceo de su cara imberbe y redonda le daba un aspecto juvenil, pero los ojos serios, siempre afligidos, rodeados de un haz de pequeñas y afiladas arrugas, delataban su edad. Tenía cincuenta y dos años. Andaba a paso lento y cauteloso desde que ocho años atrás, siendo funcionario de una pequeña estación de ferrocarril al sur de Bohemia, contrajera una hernia al levantar una maleta pesada. Cargar con el equipaje no formaba parte de sus obligaciones, pero el único mozo que había en aquella remota estación de montaña era un hombre viejo y achacoso, y Rada quiso echarle una mano en su fatigosa tarea. Desde entonces, el que fuera aficionado al deporte y hubiera practicado la gimnasia a lo largo de tres décadas, caminaba con el paso lento y cauteloso de un hombre que conoció tarde las trampas del cuerpo humano.

En la calle no se apreciaba nada insólito. Hacía una mañana fría; había nevado. Rada iba repasando mentalmente una tabla de tarifas que tenía que elaborar. Era un gran especialista en materia tarifaria; aun siendo auxiliar subalterno por no haber cursado la Universidad, no existían en su sección muchos expertos capaces de medírsele en ese campo. Confeccionaba las tablas más complejas, que su jefe, director de la sección, entregaba al ministro como obra y realización suyas. No buscaba reconocimientos ni alabanzas. Para quedar satisfecho le bastaba con que sus cálculos tuviesen el visto bueno de arriba.

Le esperaba una ardua tarea, pues la tabla pendiente de elaboración tenía que responder a una realidad que había cambiado trágicamente medio año atrás, cuando el sistema operativo del Ministerio fue desbaratado por completo. El Tratado de Múnich, es decir, la segregación de los Sudetes, había reducido de forma sustancial el área de competencias del departamento de Tráfico. Existían ahora menos direcciones regionales con las que tratar, pero había más instancias administrativas. Y, sobre todo, era preciso contar, para cualquier minucia, con la conformidad del Reich alemán, que había asumido el control de la red ferroviaria en los territorios segregados. La comunicación con las autoridades germanas resultaba difícil, dado que éstas no perdían ocasión de poner trabas a la administración checa, ya sólo independiente en apariencia. El ministro y los jefes de sección andaban crispados, y los funcionarios subalternos vivían en carne propia los avatares de la situación.

Así y todo, Josef Rada continuaba siendo un trabajador sereno e infatigable después de que el *diktat* de Múnich hubiera dejado a la joven república y al pueblo checos a merced de Hitler.

Ya de adolescente contemplaba el mundo con ojos afligidos, pero nunca había sido miedoso o aprensivo. Cargado de una conciencia sensible, el punto de zozobra presente en su mirada nacía de una voluntad de cumplir a la perfección y sin tacha con los deberes que llevaba impuestos. Se sentía, quizá en exceso, responsable del bienestar de su familia y de la utilidad de su actividad de funcionario. Era inevitable que tan estricta conciencia del deber degenerara a veces en meticulosidad desorbitada; pero el talante de este hombre, centrado imperturbablemente en su modesto objetivo de vida, no dejaba ni siquiera a los burlones de sus colegas más opción que la de tratarlo con sumo respeto.

Cuando, dos minutos antes de las ocho, entró en su pequeño despacho situado en la apartada penumbra de un largo pasillo, tenía ya establecidos los puntos elementales de su agenda matinal. Durante el camino no se fijó en la nieve que caía, ni en los transeúntes, ni en la aciaga seriedad de casi todos los rostros, sólo vio los números que insertaría en la respectiva tabla. Comenzó a examinarlos, se debatió con ellos al ver que algunos eran falsos e insidiosos, mientras que otros surgían con demasiada facilidad y luego resultaban ser fuegos fatuos; era una labor cansina, muy parecida a un forcejeo físico. Al cabo de una hora sintió el desmayo del cuerpo y tuvo que concederse un respiro. Levantó la mirada. Sólo en ese instante se percató de que los tres colegas con quienes compartía el despacho habían desaparecido.

Su ausencia le causó extrañeza. No solían salir al descanso antes de las once. Frunció su baja frente pero al cabo de dos minutos volvió a la tarea. No quería dejarse distraer. Pocos minutos después Pytlík, el más joven de sus colegas, entró en tromba, se precipitó hacia la ventana y la abrió de golpe. Una bocanada de frío invadió la estancia. Y de pronto se oyó un chirriar y un traquetear ensordecedores desde la calle.

–¿Qué ocurre, Pytlík? –exclamó Rada, sobresaltado.

El joven no contestó.

–¿Qué pasa? ¿Por qué deja entrar el frío? –insistió Rada.

La cabeza rubia, envuelta en un denso remolino de copos de nieve, permanecía inmóvil en el hueco de la ventana. El estruendo de la calle amainaba, se alejaba. Pytlík se dio la vuelta. Estaba pálido como un cadáver.

–Han llegado –dijo.

–¿Quiénes han llegado?

–Los alemanes… Con artillería pesada, con tanques.

–¿Qué dice usted?

El joven, alto y fuerte, parpadeó, todavía cegado, hacia el desprevenido colega y dijo:

–¿Todavía no lo sabe, señor Rada? Ha llegado Hitler. Sus tropas están ocupando Praga.

Cerró la ventana y salió corriendo al pasillo.

Rada oyó cómo sus pasos se extinguían, se puso de pie y dijo como si el joven colega aún estuviera delante:

–No es posible.

Bajó la mirada y vio la tabla inconclusa, los números que había calculado, los siete u ocho borradores que había elaborado y desechado por algún error. Con gesto desvalido apartó los papeles hacia un extremo de la mesa y se acercó a la ventana.

En los cristales repiqueteaban granos de hielo.

El intenso golpeteo caía en medio de un silencio enorme. Durante varios segundos, Rada confió en que el joven colega hubiera dado crédito a un falso rumor. Una mujer que bregaba con el vendaval de nieve pasaba frente al edificio tirando de una criatura. Dos hombres que doblaban la esquina parecían charlar desenfadadamente. Un carro de carbón se detuvo ante el portal. Rada pensó: Quizá se trate de tanques nuestros. A veces ocurre que nuestros tanques recorren las calles. Al momento siguiente se le paró el corazón. Vio una bandera con la esvástica. Ondeaba bajo el tejado de la cuarta casa, al otro lado de la calle. Serpenteaba en medio del vendaval, y Rada creyó oír cómo crujía. Era de un tamaño desafiante y no comprendió cómo no la había advertido desde el principio.

Nunca había visto una bandera con la esvástica. Se dio la vuelta y regresó a su mesa. Entonces es verdad, pensó. Entonces Havelka tiene razón.

Semana tras semana, Rada y su colega Havelka, un poco más joven que él, habían dado vueltas a la pregunta que inquietaba al pueblo checo desde el otoño anterior: ¿ocuparía Hitler el pequeño y amputado país que les había quedado a los checos después del Tratado de Múnich?

Havelka, ya en otoño, había contestado afirmativamente a la pregunta. Rada, en cambio, sostenía una y otra vez que aquel temor era absurdo porque, en primer lugar, la Checoslovaquia mutilada y privada de sus fronteras naturales dependía, desde el Tratado de Múnich, económica y políticamente de Alemania, de manera que una ocupación del país no aportaba más ventajas a los alemanes; y en segundo lugar, Hitler había declarado solemnemente que la cesión de los Sudetes sería la última de sus reivindicaciones territoriales.

–¿Y a usted la palabra de Hitler le tranquiliza? –había preguntado Havelka.

Rada estaba en su mesa sin moverse. Vio entrar a sus colegas Havelka y Beran. Abrieron los cajones de sus mesas y examinaron su contenido sin decir nada.

El pedante de Havelka no dijo que tenía razón. El hecho de que se hubiera sentado a su mesa sin pronunciar palabra y hubiese comenzado a explorar afanosamente el contenido de los cajones, cavando y paleando con las manos, embargó a Rada de una desesperación que no había sentido nunca. La lentitud onírica de los gestos del canoso Beran, que alisaba con el pulgar de la mano derecha cada papel que extraía de la mesa, ahondaba esa desesperación. Al cabo de unos minutos, Havelka se dirigió a la estufa de cerámica y quemó algunos papeles. Después continuó su búsqueda.

Entró el joven Pytlík y, al ver los cajones abiertos de par en par, dijo:

–Yo también tengo que hacerlo. –Mientras examinaba su mesa, dijo–: El edificio está bajo vigilancia. Hay soldados alemanes a la entrada. En la presidencia está la Gestapo.

El canoso Beran preguntó:

–¿Tendré que quemar mi carnet del partido?

El joven Pytlík soltó una risa atormentada y dijo:

–Pensé que usted sólo estaba afiliado a la asociación de pescadores de caña del Moldava, señor Beran.

El anciano se limitó a contestarle con toda calma:

–Le deseo que no pierda su buen humor en los tiempos que vienen, Pytlík.

–Por favor, déjense de conversaciones inútiles –gritó Havelka, quien ojeaba sus papeles con afán creciente–. Pueden venir en cualquier momento.

El viejo Beran asintió con la cabeza, se dirigió a la estufa y tiró su carnet al fuego.

–Por lo que hay que pasar... –masculló; se sentó e introdujo en los cajones vacíos todos los papeles que había sometido a examen–. Y usted, Rada, ¿no tiene nada que quemar?

–Aquí no, tal vez en casa –contestó éste.

Havelka, arrodillado ante la estufa, dijo:

–No es cierto. En el cajón del medio tiene usted algo peligroso. Incluso muy peligroso.

Rada abrió el cajón. Ahí estaban las fotografías enmarcadas del difunto presidente Masaryk y del presidente Beneš, que desde el otoño vivía en el extranjero.

—Alta traición —dijo Havelka.

—Démelas —dijo el joven Pytlík—, las llevo al desván. Allí hay un gran baúl con todos los retratos que hasta el otoño adornaban las paredes.

Cogió las dos fotografías, las metió en un periódico de gran formato y salió de puntillas.

A las once llegó el jefe de la sección y dijo:

—Estén preparados, caballeros. Espero que no haya cambios en nuestra área, pero nunca se sabe.

Después del descanso del mediodía, entraron tres hombres de paisano que conversaban en alemán. Rada y sus colegas se pusieron de pie. Creían que se trataba de la Gestapo, pero se tranquilizaron al ver que los seguía un alto funcionario de la cancillería, el consejero ministerial doctor Fobich. Paseaba, al parecer, a los representantes de las autoridades ferroviarias alemanas por las secciones del Ministerio.

El doctor Fobich dijo en un alemán fluido:

—Esta oficina forma parte de la sección de tarifas, caballeros. Nos falta espacio, por lo que los funcionarios de una misma sección tienen que trabajar en distintas plantas y hasta en diferentes edificios. Los otros negociados de la sección de tarifas se encuentran en la cuarta planta. —Mientras hablaba, miraba a la cara a uno de los extranjeros, un tipo pelirrojo que rondaba los cuarenta y vestía un corto abrigo de pieles.

–¿Es posible comunicarse en alemán con la gente? –preguntó el pelirrojo.

El consejero ministerial checo dijo:

–Por lo general no muy bien.

El pelirrojo carraspeó, dio media vuelta y se marchó. Los demás lo siguieron. El último en abandonar la estancia fue el doctor Fobich. Ya en el umbral, volvió la cabeza y, sonriendo, movió la mano en gesto de saludo a Rada, quien lo seguía con la vista.

Los cuatro funcionarios se sentaron.

–Usted conoce bien al consejero ministerial Fobich, ¿verdad, señor Rada? –dijo el joven Pytlík.

Rada no contestó.

Cogió, con manos imperceptiblemente temblorosas, las tablas de tarifas a las que se había dedicado por la mañana. Durante varios minutos, sus ojos no le respondían; después se sobrepuso a la agitación que lo había embargado y comenzó a trabajar. Los tres colegas comentaban en voz baja –¿estaría la Gestapo escuchando tras la puerta?– los peligros que se cernían sobre ellos. Rada no participó en la conversación. No deseaba ver ni oír nada.

A las seis, consumadas las horas de oficina, sus colegas se marcharon. Rada fue el último en salir. Al abandonar el edificio tuvo que enseñar su legitimación a la guardia. Desde el tejado del Ministerio ondeaba una bandera con la esvástica. Rada se fue a casa.

2

Los blindados del ejército invasor seguían rodando con ruido de cadenas por las avenidas de la ciudad. Rada tuvo que dar un rodeo por bocacalles más tranquilas. Solía tardar veinte minutos en recorrer el camino hasta su casa en Smíchov. Andaba más deprisa que de costumbre, olvidando que el suyo era un paso lento y cauteloso. Sin embargo, los atascos no lo dejaron llegar sino hasta al cabo de una hora.

La casa estaba en silencio, como desierta. Era un edificio grande habitado por catorce familias. Por lo general, Rada se encontraba a esa hora a madres regresando al hogar y a niños que jugaban, gritaban, reían o lloraban en la escalera. Hoy las madres se habían quedado en casa con sus criaturas.

En casa estaban también su mujer y su hijo. Corrieron al encuentro del que entraba. Rada notó que Marie había llorado; tenía un brillo húmedo en las mejillas, bajo sus ágiles e infatigables ojos marrones. ¿Cuándo había llorado Marie por última vez? Según recordaba, hacía veinte años, en julio de 1919, momento en que él había vuelto de Rusia tras cinco años de ausencia por su actividad de combatiente antihabsbúrguico. Al día siguiente le había confesado que su aspecto la había hecho llorar. «Has adelgazado tanto», balbuceó. Cuando, poco después de su retorno, la gripe se llevó a los padres de Marie, Rada no descubrió una sola lágrima en sus ojos. Odiaba manifestar las emociones intensas. Después de la catástrofe de Múnich ocurrida hacía medio año, había dejado durante apenas una hora su labor de ama de casa. Hoy, sin embargo, parecía haber perdido la compostura. Miraba fijamente al marido que regresaba y le preguntó:

–¿Qué va a ser de nosotros ahora?

En la mesa de comer, frente a su sitio, estaba el vaso de cerveza que Rada bebía todas las noches. Observaba con preocupación la actitud nerviosa de su hijo, que se levantó durante la cena, volvió a la mesa y se acercó de nuevo a la ventana.

–Come, Edmund –dijo Rada. Edmund no contestó–. No puedes salir a la calle, hoy hay que quedarse en casa, la Gestapo te pararía.

–Lo sé –dijo Edmund, se sentó en su sitio y le preguntó–: ¿Qué piensas, padre? ¿Qué va a suceder ahora?

Rada frunció el ceño. No sabía qué contestar. Su mujer preguntaba: «¿Qué va a ser de nosotros», y su hijo: «¿Qué va a suceder?». Rada no lo sabía. No era un consuelo que personas más sabias, más espabiladas, tampoco lo supieran. Apuró su cerveza y dijo:

–Debemos mantener la serenidad, eso es lo principal. Manteniendo la serenidad todo resulta más fácil.

Su gran cara sonrosada y redonda había tenido un tono mortecino durante todo el día. Ahora se ruborizaba. Las mejillas se le tiñeron de rojo oscuro. Se ruborizaba porque sugería a su mujer y a su hijo que mantuvieran la serenidad cuando él no estaba sereno, cuando aquella serenidad que les imponía era fingida. Estaba perturbado. Lo que más le inquietaba era ver a su hijo.

Edmund estudiaba en la Facultad de Medicina de la Universidad Carolina. Desde hacía doce años, Rada depositaba cada mes veinte coronas en la caja de ahorros. Su modesto salario no le daba para apartar una cantidad superior. El fondo acumulado había de permitir la carrera universitaria de Edmund; así estaba previsto desde hacía doce años. Hasta el momento todo había ido bien. Edmund había sido un buen alumno, había descubierto a tiempo su afición a la Medicina, le gustaban los estudios y se daba por descontado que a los veintitrés años se licenciaría como doctor en Medicina. Era un muchacho guapo y espigado, le sacaba una cabeza a su padre y dos a su madre. Nadie dudaba de que sería un médico hábil y exitoso. Ahora, de repente, todo quedaba en suspenso. De pronto, ya no era posible imaginar qué ocurriría dentro de tres o cuatro años. Ni siquiera era posible imaginar lo que sucedería al día siguiente.

–Si mantenemos la serenidad saldremos de todos los peligros –dijo Rada interrumpiendo el silencio.

Lo decía para darse ánimo a sí mismo y también a los demás.

Nunca había sentido tan claramente que era responsable del bienestar de su familia. Hasta el día de hoy jamás había dudado de su destreza para cargar con aquella responsabilidad. Siempre la había asumido con levedad, aunque nunca con ligereza ni despreocupación; había sido para él una carga agradable, querida. Sin aquella carga la vida no le habría merecido la pena. Pero ahora, en ese instante, le parecía insoportablemente gravosa. Se sentía inseguro y desvalido. Y tenía que procurar que su mujer y su hijo no se enteraran de que se sentía así y que temía lo peor. Había que reafirmarlos en su convicción de que incluso en ese día terrible él sabía cómo afrontar los peligros que acechaban. Se dirigió al pequeño dormitorio y estudio de

Edmund, echó una mirada a los libros que llenaban dos estanterías y preguntó:

–¿Dónde tienes tus libros políticos, Edmund? Hay que quemar todo lo que sea peligroso.

Edmund le contestó que ya los había quemado.

–Cuando venga la Gestapo, no encontrará nada –dijo.

Rada asintió, satisfecho y un poco avergonzado. Los muchachos de diecinueve años sabían exactamente lo que había que hacer en este momento de peligro. Quizá lo sabían mejor que él. Si los colegas no le hubieran advertido, no se habría acordado de que los retratos de los presidentes no podían permanecer en el cajón de su mesa de trabajo. Sacó una carpeta que contenía sobre todo partidas de bautismo y otros documentos, algunos papeles amarilleados, los entregó al fuego y volvió a la mesa. Su mujer se afanaba en la cocina.

–Llama a tu madre –le dijo a Edmund–, tenemos que hablar de algunos asuntos.

–¿Conmigo? –preguntó Edmund.

–También contigo –respondió Rada.

Edmund fue a buscar a Marie, que se sentó poniendo una cara acorde con la gravedad del momento. El hijo, expectante, miró al padre. Rada percibió las miradas que convergían en él, pero las palabras no le salían. Quería deliberar con Marie y Edmund sobre cómo organizar la vida ahora que ya no había seguridad ni libertad, pero sus miradas cargadas de expectación lo confundían. Dijo por decir algo:

—Lo importante es seguir viviendo sin llamar la atención. No hablar de nada. Y menos en la calle.

—Por supuesto; vamos a tener cuidado —dijo su mujer.

Edmund guardó silencio. Al cabo de unos minutos, se levantó y se acercó a la ventana, pues parecía que el padre ya no tenía nada que decir.

—¿Qué haces todo el tiempo junto a la ventana? —preguntó Rada.

—Está esperando a Jarmila —dijo en voz baja su mujer—. Han acordado que vendrá a nuestra casa si ocurre algo en la suya.

La mención del nombre de Jarmila dio un brusco viraje a los pensamientos de Rada. Creyó haber dicho algo evidente cuando dijo que se trataba de seguir viviendo sin llamar la atención. Creyó que él y su familia lo lograrían fácilmente. Y ahora, primer día de la ausencia de seguridad y libertad, resultaba ya difícil o incluso imposible seguir viviendo sin llamar la atención. Edmund y Jarmila eran uña y carne desde hacía cuatro años. Se habían conocido durante el bachillerato, estudiaban juntos en la Facultad de Medicina y se veían todos los días en sus respectivas casas. Al principio a Rada le había parecido extraño que una chica fuera a ver a un chico a su domicilio. Poco a poco, sin embargo, a medida que se iba acercando a la vejez, aprendía a valorar la desenvoltura de los jóvenes. Edmund y Jarmila parecían completarse. A los dos les encantaban sus estudios y su futura profesión, que consideraban la más bella e importante del mundo. Pero mientras Edmund, que tenía los mismos ojos serios y azul agrisados de su padre, reía rara vez, Jarmila, con su ánimo a menudo desbordante, era muy proclive a la exaltación.

Su padre era un periodista con largos años de lucha contra el fascismo a sus espaldas. Rada temía que la casa paterna de Jarmila atrajera bien pronto el interés del enemigo. Podía darse perfectamente que la Gestapo saliera en busca del periodista aquel mismo día. ¿Qué sucedería si el hombre, necesitado de escondite, se presentara con Jarmila en su casa? Era fácil que a la muchacha se le ocurriera esa salida. Rada se percató de que sobre sus hombros pesaban deberes nuevos, hasta ahora insospechados, que discordaban con los que habían formado la esencia de su vida desde hacía décadas. Tenía el deber de dar acogida a todo checo que tuviera que esconderse de la Gestapo.

De ahí surgió para él el deber de poner en peligro a su propia familia.

Consultó el reloj y dijo:

–Seguramente, hoy ya no vendrá nadie.

Edmund, que seguía con la mirada clavada en la calle, se dio la vuelta y dijo:

−¿Qué piensas, padre? ¿Que nadie va a oponer resistencia a los alemanes?

−Habrá resistencia, no cabe duda. Pero por lo pronto los ciudadanos de a pie debemos mantener la serenidad. Una resistencia desorganizada sería insensata. Tenemos que esperar lo que decidan los llamados a liderar.

Edmund no contestó. Sabía que Jarmila no se daría por satisfecha con aquella respuesta. Sabía que ella contestaría: «Los llamados a liderar somos todos. Los ciudadanos de a pie somos el pueblo. En los tiempos que corren los ciudadanos de a pie tienen que mostrar grandeza. Y la mostrarán». Sintió vergüenza por no haberle contestado a su padre. Se retiró a su cuarto con gran agitación.

Su mujer se quedó sentada aunque todavía no había acabado su trabajo en la cocina. En la calle resonaron pitidos estridentes. Marido y mujer se pusieron a la escucha. Un camión pesado cruzó a toda velocidad por delante de la casa.

−No pasa nada −dijo Rada. Se sentó y dijo−: Fobich ha paseado a los alemanes por las oficinas. Me ha resultado desagradable. Pero a lo mejor no significa nada. Seguramente, el ministro le encargó que enseñara a los alemanes el departamento.

−Seguramente −dijo Marie.

Rada preguntó:

–¿Pero por qué precisamente a él?

No esperó respuesta, había pensado en voz alta. Marie lo miró con cara interrogante. Rada pensó: No debo pensar en voz alta. No debo causar alarma. Mi tarea es serenar a mi mujer y a mi hijo.

Sin embargo, lo repitió:

–Me ha resultado desagradable.

3

No podía conciliar el sueño. Yacía, pero con los oídos atentos. ¿No entraba alguien en la casa? ¿No se oían en la escalera los pasos livianos de Jarmila y el paso recio de su padre? Rada había apagado la luz. Tendido insomne en aquella oscuridad de plomo, trataba de respirar con calma para disimular que veía venir la desgracia. Marie también estaba despierta; quería permanecer así hasta que él se durmiera. Pero había trabajado todo el día y sentía el cansancio. El sueño la venció antes de la medianoche. Poco después, Rada también se durmió.

Por la mañana, cuando despertó, Marie ya estaba trajinando en la cocina. Aliviado, pensó: Jarmila y su padre no han venido. Echó una mirada al cuarto de Edmund. Todo estaba bien. Su hijo dormía. Durante el desayuno, Rada oyó el fragor de los tanques, que se movían por una avenida cercana. Pensó: ¿Cómo pude creer tan sólo un segundo que todo estaba bien?

No se tomó el café, salió precipitadamente. Para ahorrar no cogía nunca el tranvía o el autobús. Esta vez subió a un tranvía, y aun así no llegó al Ministerio sino diez minutos después de las ocho. Jamás había llegado tarde a la oficina. El orden universal estaba patas arriba. Los otros funcionarios llegaron con un retraso todavía mayor. El joven Pytlík contó que la Gestapo había efectuado numerosas detenciones por la noche; también entre algunos funcionarios del Ministerio. Dio sus nombres. Havelka hizo indagaciones y supo que el relato de Pytlík era cierto.

Rada cogió las tablas de tarifas y procuró trabajar. Se dijo a sí mismo que su trabajo no tenía sentido, pues era de suponer que los alemanes cambiarían todas las tarifas en los próximos días. No obstante, se sumergió en su tarea concentrándose en los cálculos sin levantar la vista. Trató de no oír las voces de los colegas. Temían que los echaran para reemplazarlos por funcionarios alemanes. Curiosamente, a Rada no se le contagió ese temor, si bien no podía imaginar un destino más cruel que el de ser despedido de su cargo; pensaba que un funcionario del Estado asesinado a porrazos salía mejor parado que uno que perdía su cargo. Casi daba por descartado que él, Josef Rada, el especialista en tarifas más experto y escrupuloso de la sección, pudiese ser despedido. Así y todo, lo atormentaba el hecho de que los colegas debatieran ampliamente sobre la posibilidad de que esto ocurriese. Y le fastidiaba no conseguir hacer oídos sordos y dedicar toda su atención a la labor, por más que ésta hubiera perdido su importancia y su sentido.

Una vez que callaron los otros, notó que sus pensamientos se alejaban incesantemente del trabajo pese al silencio. Convergían en Jarmila.

Durante el descanso del mediodía y las horas de la tarde, que avanzaban con lentitud insoportable, fue cobrando la certeza de que esa noche se encontraría en casa a Jarmila y al periodista perseguido por la Gestapo. Temiendo el final de la jornada a la vez que anhelándolo, se figuraba la suerte que esperaba a su familia. Aun siendo una persona carente de imaginación, oía los golpes de la Gestapo en la puerta de su piso, el estrépito de la horda invasora, el chasquido de las esposas en las muñecas de los asaltados.

Por fin, la jornada terminó. Por fin, llegó a casa.

Al entrar, oyó las voces serenas de Marie y Edmund. No había ningún agente de la Gestapo en el piso, la mujer ponía la mesa, el muchacho estaba leyendo a la luz de la lámpara, la sala tenía un aspecto ameno y recoleto. Edmund contó que había pasado el día con Jarmila. El padre de la muchacha había abandonado Praga el día anterior. Intentaba escapar a Polonia junto con dos amigos que, al igual que él, habían de temer la venganza de la Gestapo. Tenían un guía fiable que conocía todos los vericuetos de la región fronteriza. Jarmila esperaba recibir, al día siguiente o al otro, un telegrama de su padre desde el país vecino.

Rada sintió un alivio tan grande que sus ojos serios y afligidos se iluminaron. Se alegraba como si la irrupción de los alemanes no hubiera sido más que un mal sueño que tocaba a su fin.

–Qué bien –dijo con ojos relucientes–. Estoy muy contento.

Edmund, observando con perplejidad la alegre agitación de su padre, dijo:

–Yo no puedo estar muy contento mientras no sepamos si ha conseguido pasar la frontera.

–Seguro que ya está en Polonia, no me cabe ninguna duda –dijo Rada–. Verás cómo mañana, u hoy mismo, llega un telegrama.

El asombro de Edmund no tuvo límites. La vigilancia de la frontera sería indudablemente tan estricta que no podía ser fácil pasar a Polonia sin ser descubiertos. Y subestimar los peligros no respondía en absoluto al talante de su padre.

Rada vio el gesto dubitativo de Edmund pero no estaba dispuesto a dedicar más tiempo a pensar en el destino del periodista fugado y recomendó a su deprimido hijo no inquietarse en vano.

–¿En vano? –preguntó Edmund.

Rada no contestó. Sus ojos habían dejado de relucir. Pero ya no estaba turbado; había recobrado la serenidad y la contención. Su cara redonda, antes mortecina, recuperó su habitual tono rosáceo. Durmió sosegadamente esa noche y despertó a la mañana siguiente pensando que el mayor peligro para él y su familia había sido conjurado. También el camino a la oficina se le hizo más llevadero que el día anterior; los movimientos militares de los alemanes ya no entorpecían el tráfico. Llegó a tiempo, dos minutos antes de las ocho, y esa vuelta a la rutina le ayudó a sobrellevar la angustia teñida de ira que experimentó al ver los uniformes germanos.

Pytlík, el colega de diecinueve años, no apareció en la oficina esa mañana. A las diez entró el jefe de sección para comunicar a los tres funcionarios, que lo escuchaban palideciendo, que a Pytlík se lo había llevado la Gestapo por la noche.

—¿Por qué? —preguntó Rada.

El jefe de sección se encogió de hombros y salió.

—¿Que por qué? —preguntó Havelka—. Depende totalmente del azar el que lo arresten a uno o no. La Gestapo puede detener a una persona porque no le guste su nariz.

—Quizás ha escupido ante una bandera con la esvástica —sugirió el viejo Beran.

¿Podía un ser humano llamar menos la atención que el joven Pytlík? De chisgarabís lo habían tildado en el Ministerio porque salía de la oficina más veces que los funcionarios mayores a fumarse un cigarrillo cuando se le antojaba. Pero no había en el mundo un hombre más inofensivo. La idea de que la Gestapo hubiera arrestado a una persona tan discreta le resultó a Rada tan insoportable que trató de persuadirse de que Pytlík estaba afiliado al partido comunista o, efectivamente, como sugería el viejo Beran, había escupido ante una bandera con la esvástica. Pero en el fondo estaba convencido de que Pytlík, quien nunca había revelado inclinaciones políticas, no pertenecía a ningún partido. Y era poco probable que el joven que se puso cadavérico al ver la entrada de los tanques alemanes y que había tenido la suficiente cautela como para caminar de puntillas en el desván con los retratos de los presidentes, hubiera escupido en plena calle ante una bandera con la esvástica.

Los tres funcionarios confiaban en que la Gestapo no tardaría en ponerlo en libertad. Pero el joven Pytlík no volvió. No supieron nada más de él. Rada comprendió que cualquiera en Praga, también él y su familia, podía correr la misma suerte en cualquier momento.

Jarmila recibió notificación telegráfica de que su padre había llegado a Polonia sin percances. El turbado Rada apenas pudo compartir la alegría de Edmund y Jarmila. Sólo al cabo de quince días sin alteraciones recuperó la esperanza de que su discreción los amparara a él y a los suyos.

A principios de abril, los funcionarios del Ministerio fueron llamados a la gran sala auditorio de la cancillería. Los subalternos se apretaban de pie detrás de las filas de asientos de los altos cargos. El ministro inauguró la sesión y, tras un breve saludo, cedió la palabra a un representante del Gobierno alemán, quien instó al funcionariado a contemplar la incorporación del «Protectorado de Bohemia y Moravia» al Gran Reich Alemán como un acto que ofrecía toda clase de ventajas a los checos y garantizaba al pueblo checo un futuro feliz. El alemán, recio y rechoncho, dijo que el Führer y canciller del Reich esperaba de cada funcionario el más estricto cumplimiento del deber. Afirmaba que el pueblo checo, que en los últimos veinte años no había interpretado correctamente su posición en la familia de los pueblos europeos, viviría, conducido y custodiado por Adolf Hitler, una nueva época de prosperidad.

Aquellas promesas se mezclaban extrañamente con amenazas, que culminaron en la advertencia de que todo sujeto incorregible y afecto a los viejos y falsos ideales de la liquidada república democrática, así como todo aquel que fuese desenmascarado como saboteador, sería castigado con la pena de muerte.

Los rostros pasmados de los oyentes checos no se relajaron cuando el consejero ministerial doctor Fobich se puso en pie y dijo que tenía la misión de traducir al checo el discurso del representante del Gobierno alemán. El hombre, esbelto y elegante, no tradujo al pie de la letra, sino que dio a los reclamos y las amenazas una pulida forma diplomática que, al parecer, pretendía quitar hierro a la declaración alemana. Pérfido, pensaron los checos que dominaban la lengua alemana y supieron reconocer las falsedades de la traducción. Pero también los escasos funcionarios que no habían comprendido al orador alemán escuchaban al consejero checo con recelo y repugnancia. Los funcionarios alemanes, sentados en las filas delanteras, aplaudieron y exclamaron «¡Heil Hitler!». Los checos, una vez concluida la reunión, abandonaron la sala mudos y reconcomidos.

Rada volvió deprimido al despacho. Le afectaba que hubiera sido precisamente el consejero ministerial Fobich quien se hubiese prestado a traducir el discurso del orador alemán; y no sólo a traducirlo, sino a atenuarlo, a adulterarlo, para engañar a los funcionarios que no dominaban el alemán. ¿Era casualidad que se hubiera encargado aquella tarea a Fobich? ¿Casualidad que el 15 de marzo, inmediatamente después de la invasión alemana, hubiese paseado a una comisión alemana por las oficinas? Rada tenía presente la cara estupefacta del joven Pytlík, que le preguntó en aquella ocasión: «Usted conoce bien al consejero ministerial Fobich, ¿verdad, señor Rada?». Hasta el inofensivo Pytlík, que sólo llevaba medio año en el Ministerio y no tenía más que un conocimiento somero de las cosas, sabía, por tanto, que entre Rada y el alto funcionario había una relación cuyo origen y naturaleza no sabían ni siquiera los colegas Havelka y Beran, con los que Rada compartía oficina desde hacía siete años. Sólo sabían que Fobich y Rada habían cursado el bachillerato juntos en el mismo instituto de Praga. Rada no les había contado más detalles. No le pareció necesario revelarles que en una ocasión le había salvado la vida a Fobich.

Rada y Fobich tenían dieciséis y catorce años, respectivamente, cuando, una calurosa tarde de verano poco antes de las vacaciones, el más joven de los dos se lanzó a nado en pos de un vapor del Moldava y, súbitamente presa de un malestar, no tuvo fuerzas para alcanzar la orilla. Aunque el vapor iba repleto, nadie se percató de los gritos de auxilio del muchacho que se estaba ahogando. Las masas de bañistas que pululaban en la escuela de natación aledaña al puente más cercano estaban tan lejos que tampoco oyeron las desesperadas voces del que se ahogaba. Éste se daba ya por perdido cuando Rada, que lo avistó casualmente, se lanzó a nado hacia él. En una dura lucha consiguió mantener al agotado muchacho sobre el agua y arrastrarlo hasta la orilla. Rada, que alguna vez había visto al chico en el instituto pero nunca había hablado con él, sólo lo reconoció al llegar a su lado.

Fobich había perdido el conocimiento pero volvió en sí a los pocos segundos. En aquel minuto inolvidable había mirado al azul agrisado de aquellos ojos serios y afligidos. No los había visto antes. Pero en ese minuto, como muchas veces contaría después, había tenido la sensación de conocer desde siempre aquellos ojos. Calmado como por arte de magia, el muchacho sintió que nada podía pasarle mientras aquellos ojos lo miraran.

Miroslav Fobich era de familia rica. Rada era hijo de un mal remunerado ferroviario. Fobich era un niño mimado cuyos deseos se cumplían indefectiblemente. Rada tenía que dar clases particulares para poder estudiar en el instituto de bachillerato. El padre de Fobich invitó al salvador de su hijo a pasar con éste las vacaciones en una finca rural. Rada aceptó la invitación, pero aquel ambiente de lujo no fue de su agrado.

Cada día le imponían regalos, ya fuera un estuche de dibujo nuevo, ya una pelota de fútbol, libros o corbatas. Los aceptaba a regañadientes y con sonrojo. A los quince días, el padre de Fobich quiso regalar al tímido huésped un traje nuevo.

Rada lo rechazó. Le hería el hecho de haber aceptado los otros regalos y dijo que debía pasar el resto de las vacaciones con sus padres.

Los refulgentes ojos negros de aquel jovencito de catorce años, quien a menudo tiranizaba la casa con exaltación desenfrenada, reclamaban la amistad del muchacho mayor. Sus reclamos no prosperaron. Rada no era feliz en la finca. Manejaba con torpeza el cuchillo y el tenedor. Nunca había sostenido una raqueta de tenis y mostró poca habilidad en las clases que le impartía Miroslav. El huésped, intimidado, advirtió un atisbo de desdén y superioridad en las gentilezas que le dispensaban en la finca. Respiró con alivio cuando pudo marcharse y se propuso no renovar la relación en Praga a la vuelta de las vacaciones. Fue un propósito inútil. Miroslav perseguía al reservado Rada con un apego tenaz que dejaba perplejos a cuantos conocían a aquel menor tan caprichoso. Intentaba echarle el lazo una y otra vez. El aula de Rada estaba en la última planta del instituto; la de Miroslav, en la planta baja. Durante meses, el chico corría en cada descanso hasta el último piso para ver a Rada.

Poco antes de las vacaciones de Pascua, Miroslav de repente cesó en su persecución. De pronto, la idolatría se había acabado.

Después de aprobar el examen de bachillerato al término del octavo curso, Rada ingresó en la administración pública siendo destinado a un pequeño pueblo como funcionario de ferrocarriles. Praga quedaba lejos. Olvidó que alguna vez le había salvado la vida a un muchacho. Se casó, marchó como soldado al frente de Rusia, desertó al bando ruso, luchó como legionario, regresó sano y salvo al término de la guerra, fue padre y abrigó durante años la esperanza de llegar a la categoría de jefe de estación de una ciudad de provincias.

Tenía cuarenta y cinco años cuando su carrera tomó un giro inopinado a raíz de un encuentro con Fobich, a quien no había visto en casi tres décadas.

La pequeña estación de montaña cuyo jefe y único funcionario era Rada recibió la visita de una comisión encargada de verificar si la vía, que moría a escasa distancia del lugar, podía alargarse sin mayores problemas para conectarla con la línea principal. El máximo funcionario de aquella delegación, integrada mayoritariamente por ingenieros, era un hombre de unos cuarenta años de edad, cuyos refulgentes ojos negros se le antojaron a Rada extrañamente familiares. Cuando Rada se presentó, el alto funcionario detrás del cual los demás se detuvieron con respeto se llevó la mano a la frente y exclamó:

–¿Rada? ¿Josef Rada? ¡Santo cielo! Caballeros, este hombre me salvó la vida.

Fue entonces cuando Rada lo reconoció.

Fobich cogió del brazo al compañero de su adolescencia, más apurado que feliz por el reencuentro, salió con él a la puerta del edificio de la estación y dijo:

−¡Hombre, dichosos los ojos que te ven!

Rada sonrió con gesto algo violento, frunció el ceño y dijo:

−Difícilmente le habría reconocido, señor jefe de sección.

−Aún no, querido amigo, por lo pronto no soy más que consejero ministerial −dijo Fobich−, pero te ruego que no me trates como a un extraño cuando no estamos de servicio. Nos tuteamos, faltaría más. −Escudriñó los rasgos faciales de quien le había salvado la vida y añadió−: Tus ojos... tendría que haberlos reconocido al instante. No hay nadie en todo el mundo con unos ojos tan bondadosos.

−A mí los tuyos también me han llamado la atención enseguida −replicó Rada.

−Cuéntame: ¿cómo te va? ¿Cómo ha transcurrido tu vida? −preguntó Fobich, obligando al compañero de juventud a aceptar un grueso puro.

Rada meditó. No sabía qué contar. Por fin dijo:

−Hace medio año contraje una hernia. −Al notar la mirada perpleja de Fobich, agregó−: Desde entonces no rindo como antes.

Fobich manifestó el deseo de conocer a la esposa de Rada y se dejó agasajar en la modesta vivienda oficial del jefe de estación. Rada le relató, no sin orgullo, que tenía un hijo que cursaba bachillerato en Praga.

Una hora más tarde, Fobich volvió a sus obligaciones de funcionario; luego regresó a Praga. Al despedirse, preguntó a Rada si podía hacer algo por él.

–Gracias, pero no necesito nada. Estoy satisfecho –respondió éste.

Fobich dijo:

–Dado que tu hijo estudia en Praga, te convendría un traslado a la capital. Voy a ver si en el Ministerio se encuentra un puesto para ti.

Tras aquella visita, Rada estuvo varios meses sin noticias de Fobich, y no tenía la intención de hacerse recordar. Marie, a quien le habían desagradado los refulgentes ojos negros del alto funcionario, dijo que sin duda se trataba de una de esas personas dadas a prometer que luego no cumplen.

–Es posible –dijo Rada.

Pero antes de que hubiera transcurrido medio año se le notificó oficialmente su traslado a la sección de tarifas del Ministerio de Ferrocarriles en Praga, a cuyo servicio debía incorporarse sin demora.

Nada más ingresar en el servicio, fue invitado con Marie a casa de Fobich. Su mujer, una alemana de gran estatura y prestancia que hablaba un checo muy deficiente, contó que su marido había hablado muchas veces de quien en su día le salvara la vida. Fobich dijo con una sonrisa:

—¿Lo oyes? Mi mujer no miente nunca. La puedes creer.

Expresó la confianza de contar a menudo con la presencia de la familia de Rada en su hogar y los invitó a acudir con su hijo la próxima vez. Tras la segunda visita de Rada y Marie a casa del alto funcionario las invitaciones cesaron. Pero de cuando en cuando Fobich se dejaba caer por la sección de tarifas, se detenía ante la mesa de Rada y preguntaba al lacónico compañero de juventud cómo estaban él y su «señor hijo».

Después de la intervención de Fobich en la reunión, Rada esperaba que sus colegas le interrogaran acerca del papel que el consejero ministerial desempeñaba bajo el régimen del invasor alemán. Sin embargo, Havelka y Beran guardaron silencio; inclinaron las cabezas sobre sus expedientes, aunque era obvio que, sublevados y estremecidos de furia contenida, no lograban centrarse en sus tablas y números. Havelka reveló su rabia tirando al suelo un fajo de expedientes que había ordenado y encordelado tres veces con meticuloso esmero el día anterior. También el viejo Beran parecía sumido en un excepcional estado de violenta emoción, pues encendió su pipa, cosa que durante las horas de servicio nunca hacía; sólo en dos ocasiones –el otoño anterior, tras la segregación de los Sudetes, y el 15 de marzo, cuando los alemanes entraron en Praga– había encendido la pipa en la oficina. A Rada el silencio de sus irritados colegas le sentó como un bofetón, pues significaba que tenían a Fobich por un traidor y a su viejo colega, Josef Rada, por amigo de un traidor. Aquella idea le era insoportable; experimentaba, con un tormento que crecía por minutos, el silencio de los compañeros como un castigo inmerecido, de modo que al final, sobreponiéndose a sus inhibiciones, decidió aclarar las cosas. Dejó la pluma y dijo:

–Havelka, me gustaría saber qué está pensando. Y también quisiera escuchar su opinión, Beran.

El viejo Beran bajó aún más su cabeza cana sobre los expedientes y dijo:

–Qué sé yo.

Havelka, en cambio, parecía haber estado esperando con impaciencia aquel momento. Se levantó, caminó varias veces de un lado a otro, catapultó de un puntapié el fajo de expedientes tirado en el suelo hacia un rincón y dijo:

–A mí me interesa más lo que piensa usted; porque seguramente está más enterado que nosotros.

Estas palabras aumentaron la irritación que sentía Rada. Sin embargo, procuró responder con serenidad y dijo:

–¿Por qué cree que estoy más enterado? No sé absolutamente nada. Fobich nunca me ha hablado de política. Ni una palabra. Fuimos al mismo instituto, pero no compartíamos curso. Ni siquiera entonces éramos amigos. Y ha pasado mucho tiempo; ya puede usted echar la cuenta. Por entonces lo salvé de morir ahogado en el Moldava. Es por lo que de vez en cuando me dirige la palabra en esta oficina. Por eso, también, hace siete años me echó un cable para que me trasladaran a Praga. Eso es todo. Fuera de estas cuatro paredes, no he cruzado una sola palabra con él en siete años.

Respiró hondo y con alivio. Sintió vergüenza porque lo que acababa de decir lo había ocultado durante siete años. Sintió vergüenza también porque acababa de distanciarse de Fobich por miedo a ser considerado amigo de un supuesto traidor. Que el sospechoso hubiera intervenido dos veces al lado de los representantes del Gobierno alemán y hubiese dado una traducción tergiversadora del insolente discurso germano, lo comprometía en sumo grado; pero no era prueba fehaciente de que de verdad fuera un traidor. Quizá asumía, por motivos tácticos, un papel de apariencia sospechosa pero que servía, posiblemente, a un fin bueno, honrado. Quizá quería ganarse la confianza de los alemanes para transformarla en un arma que les causara estragos y perdición.

Rada estuvo tentado de decirles todo eso a sus colegas. Pero no dijo nada. En lo más íntimo de su corazón sentía que no podía defender a Fobich, de quien desconfiaba igual que ellos. Como en un sueño angustiante, no podía hablar. Tenía la lengua paralizada. Como en un sueño angustiante, veía cómo sus dos colegas, que siempre lo habían tratado con gran respeto, se convertían en jueces estrictos que lo tasaban y examinaban con severas miradas.

Como quien pronuncia una sentencia de muerte, Havelka dijo:

–Fobich es un canalla.

El viejo Beran asintió con la cabeza y añadió:

–Me alegra que no sea su amigo, Rada.

4

Una de las tardes siguientes, al salir del Ministerio junto con Havelka y Beran, y a punto ya de separarse de ellos, Rada se sobrecogió: Fobich atravesaba la calle al lado de un general alemán. Parecía estar contándole algo gracioso pues el general alemán reía. Riendo doblaban la esquina.

Rada, atónito, se había detenido. También sus colegas estaban impávidos y con las caras marcadas por una expresión de cólera.

–¡Cómo no le da vergüenza! –dijo el viejo Beran, y espió hacia todas partes aterrado por la imprudencia de sus palabras.

Havelka dijo en voz baja:

–¡Ese canalla!

Rada se fue a casa. Pensó: Un canalla, un traidor. Pensó: ¿Se puede dudar todavía de que es un canalla, un traidor?

En casa, se sentó a la mesa y cenó en silencio. No dijo que había visto a Fobich al lado de un general alemán. En los últimos días había reflexionado mucho sobre Fobich pero no había hablado más de él. No quería hablar más de él ni pensar en él. Tampoco Havelka ni Beran habían vuelto a referirse a Fobich. La vida se había hecho cada vez más difícil en los últimos días. Era mentira que uno se acostumbraba a todo, incluso a lo más difícil. Día a día y noche tras noche, ciudadanos intachables y de notoria honradez eran arrestados. No existía prácticamente persona honrada y sin mácula que no temiera que la Gestapo fuera a detenerla. Rada, que vivía de forma discreta e insistía a su familia en hacer lo propio, en no mirar ni a derecha ni a izquierda por la calle, en no decir palabras imprudentes ni escuchar a ningún desaprensivo, más que un asalto de la Gestapo temía al antiguo compañero de juventud. Hacía siete años que Fobich, en intervalos irregulares –un año tres veces, otro treinta–, pasaba por la pequeña oficina para decir alguna gentileza a quien le salvara la vida. Ese apego a menudo había asombrado a Rada, pues Fobich tenía fama de arribista frío y calculador que sólo se ocupaba de personas influyentes capaces de beneficiarlo. Desde el 15 de marzo no se había dejado ver por la pequeña oficina. No obstante, Rada temía cada día y en cada momento su aparición. Aquel miedo lo perseguía también en sueños. Después de ver a un Fobich alegre junto al riente general alemán, estuvo una semana entera soñando con el encuentro. En uno de aquellos sueños, el otro entraba en la pequeña oficina al lado del general alemán, le sonreía a Rada y decía: «Señor general, este hombre es de confianza, lo conozco desde la infancia».

Pasó la primavera y Fobich no apareció por la pequeña oficina. Tampoco en la calle Rada volvió a encontrárselo. En el Ministerio no faltaban los sustos ni los sinsabores. Pero Rada, hombre modesto desde siempre, no se quejaba y procuraba que la vida le siguiera pareciendo llevadera. A muchos funcionarios los habían trasladado a pequeñas localidades, jubilado o despedido. Rada, Havelka y Beran se mantenían en sus puestos. Confiaban en que su pequeña oficina hubiese escapado a la atención de los alemanes, quienes realizaban «purgas» en toda la administración.

En verano corrió el rumor de que Hitler atacaría Polonia. Los periódicos alemanes, obligados a escribir lo que les dictaba el Ministerio de Propaganda en Berlín, sostenían que la minoría alemana de Polonia sufría persecuciones insoportables. Los periódicos alemanes, sometidos al control del Ministerio de Propaganda berlinés, habían sostenido también, durante el verano y otoño anteriores, que la minoría germana de Checoslovaquia sufría persecuciones insoportables.

La sección III del Ministerio, que organizaba los transportes destinados al Este, trabajaba las veinticuatro horas. A diario salían hacia el Este grandes convoyes de tropas que venían de Alemania y tocaban Praga. A mediados de agosto, el consejero ministerial doctor Fobich fue nombrado jefe de dicha sección.

Havelka llegó con la noticia antes de que fuera publicada en el boletín oficial.

–Adivine, Rada, quién es el nuevo jefe de la sección III, quien en caso de guerra dirigirá todo el tráfico ferroviario. No es un funcionario alemán. Tampoco un general germano. Es el señor consejero ministerial Fobich. Mejor dicho, el señor jefe de sección Fobich. Fobich, el amigo de usted. ¡Por su culpa, Rada! ¿Por qué le salvó usted la vida? Haber dejado que se ahogara; así ahora no podría ayudar a los nazis.

Rada, dolido, guardó silencio. Nunca se había peleado con un colega. Siempre había gozado de su confianza y su respeto. Siempre había sido un hombre conciliador, solícito, servicial. Había defendido siempre las causas justas y condenado las injustas. ¿Ahora todo eso había caído en el olvido? ¿Era culpa suya que Fobich resultara ser un canalla y traidor?

El ofendido tuvo que hacer un gran esfuerzo para controlar su disgusto. Se levantó y abandonó la estancia. Era el único funcionario que jamás abandonaba la oficina en horario de servicio.

En el pasillo, se detuvo ante una ventana y miró al patio. No vio nada. Estaba tan turbado que no podía ni ver ni oír. Tampoco oyó los pasos que se acercaban. Una mano se posó en su hombro.

Asustado, se dio la vuelta. Tenía a Havelka enfrente.

—Le he seguido —dijo—. El viejo Beran dice que mi estúpido comentario le ha herido. ¿Es cierto? Si es así, le pido disculpas. —Rada permaneció en silencio—. A usted, precisamente, no le quiero herir bajo ningún concepto —prosiguió Havelka—. Cualquiera que le conozca sabe que es usted la persona más honesta que cabe imaginar. Si yo no supiera que usted es la persona más honesta que hay en el mundo, no podría hablarle de Fobich.

—Está bien —dijo Rada.

—Siento haberle ofendido —dijo Havelka.

—Está bien —repitió Rada, impotente.

Regresaron a la oficina. Al entrar, el viejo Beran los observó con curiosidad.

—Tenía usted razón, Beran —dijo Havelka—. Rada se tomó a mal mi comentario. Le he pedido disculpas y las aguas han vuelto a su cauce.

Ese día, al final de la jornada, Havelka acompañó al taciturno Rada un trozo del camino. Cuando éste iba a despedirse, el otro le dijo:

—Quisiera contarle algo, Rada. ¿Tiene tiempo de acompañarme a casa? No puedo decírselo en la calle.

Havelka vivía en Karlín, en la cuarta planta de un viejo bloque de pisos de alquiler. Pidió a su esposa que se fuera a la cocina. Los dos hombres se sentaron a la mesa de una habitación que se parecía a la sala de Rada.

Havelka dijo:

—Rada, hoy se ha visto que usted no sabe qué opinión me merece. Pues, mire: pongo mi mano en el fuego por usted.

Enmudeció, aunque al parecer todavía no había terminado.

Rada, asombrado a la vez que encogido, se quedó a la espera, y como el silencio crecía haciéndose cada vez más espeso, dijo:

—Se lo agradezco.

—Y usted sin saberlo —dijo Havelka meneando la cabeza.

—Nunca lo he puesto en duda —dijo Rada, arrugó la frente y añadió vacilando—: Pero noto que se me habla en un tono extraño por el hecho de haber conocido a Fobich en el instituto.

Havelka acercó su silla y dijo en voz baja:

—Por eso tengo que hablarle, Rada. Fobich es un hombre peligroso. No tiene escrúpulos, hay que guardarse de él. Quiero demostrarle, Rada, que le tengo toda la confianza del mundo. Pertenezco a una organización clandestina. En realidad, no debería decírselo. Pero tengo que hacerlo porque es importante que no haya malentendidos entre nosotros.

Rada quedó sorprendido. Respiraba dificultosamente. Dijo:

—No debería habérmelo dicho si no debe.

—A usted se le puede decir todo —dijo Havelka—. No nos traicionará.

Rada dijo:

—Eso es verdad. —Se puso a reflexionar. Reflexionaba lento y con torpeza. Exploraba la cara pálida y nerviosa de Havelka y dijo—: O sea, que es eso. ¿Espera usted que ingrese en esa organización? ¿Tiene acaso el encargo de instarme a hacerlo?

Havelka sonrió:

—No. No es una asociación en la que uno ingrese así como así, Rada. Usted nos ayudará, estoy convencido. Tarde o temprano se dará la ocasión. Quizá pueda ayudarnos mejor si no forma parte de nuestra organización.

Rada lo miró a los ojos. Los dos hombres nunca habían sido amigos. Havelka era una persona empeñada en tener siempre la razón, y muchos colegas se llevaban mal con él porque nunca toleraba las opiniones de otros.

—No lo entiendo —dijo Rada—. No puedo imaginarme que pueda serle de utilidad a su organización. Usted sabe lo retirado que vivo. Después del trabajo voy a casa; toda mi vida privada pertenece a mi familia.

–Lo sé. Es usted un buen padre de familia.

–En eso consiste mi vida. Soy responsable del sustento de mi familia. Es una responsabilidad dura, un duro deber. Sobre todo en los tiempos que corren. Es tan duro que no puedo ocuparme de otra cosa.

–Nadie se lo reprocha, Rada.

De nuevo se hizo un silencio que a Rada le pesaba. Bajó la vista y dijo:

–No sé cómo lo hace usted. Al fin y al cabo... también tiene mujer e hijos.

–Mis hijos trabajan en el campo, se han independizado y no me necesitan. Y mi mujer... No soy un padre de familia tan bueno como usted, Rada. Para mí la lucha es más importante que la vida familiar. Ahora, desde que los nazis se nos han echado encima... usted sabe que esto es una lucha a vida o muerte. Los alemanes han comenzado a esclavizarnos. Están decididos a acabar con nosotros. Despacio, de forma sistemática, con esa perfección germana.

Rada se levantó alterado, anduvo de una parte a otra de la estancia y volvió a tomar asiento.

–Todavía no lo tengo del todo claro –dijo–, pero es posible, los alemanes son capaces. –Pasó tres o cuatro veces las manos sobre el mantel, sin ser consciente de que se estaba moviendo–. No pienso en mí. Lo que pueda ocurrirnos a nosotros tiene poca importancia. Pero mi hijo, sabe usted... ¿Qué futuro le espera ahora? No puedo dormir si lo pienso.

Havelka asintió:

–Lo sé. Pero el individuo ahora no cuenta. Ni siquiera tratándose de un hijo único. Tiene que hacerse a la idea, Rada.

–No puedo.

–Todos hemos de poder –dijo Havelka.

Su nerviosa cara de pronto estaba demudada, dura y enérgica.

Rada contempló con asombro aquel rostro duro y enérgico, que le pareció extraño. Dijo:

–Y en cuanto a Fobich... usted dice que es un hombre peligroso. No lo sé; quizá sea cierto. Sólo sé que no quiero tener que ver con él.

La cara de Havelka se torció en una mueca de sonrisa. Dijo:

–Pero eso no depende de usted.

De nuevo las manos de Rada pasaron sobre el mantel, desvalidas.

–Escúcheme –dijo Havelka. Su cara volvió a ponerse seria, dura y enérgica. Acercó aún más su silla, de modo que las rodillas de los dos hombres se tocaron–. Nosotros lo conocemos. Sabemos de él más que usted. Guárdese de él, se lo advierto. Voy a hacerle una propuesta: cuando Fobich le pida algo, dígamelo enseguida. Tendrá nuestro consejo. Puede fiarse de nosotros. Lo mismo que nosotros podemos fiarnos de usted.

Rada se había puesto pálido. Impotente, miró a Havelka y balbuceó:

–¿Qué... qué podría pedirme él a mí?

Havelka no contestó.

Rada se puso de pie y dijo:

–Su propuesta es un alivio para mí. Sí, está bien. –Meditó un instante y continuó–: Pero ¿por qué habría de pedirme algo a mí precisamente? Apenas me conoce.

Se despidió y se marchó a casa.

5

Quince días después, Hitler invadió Polonia provocando que Francia y Gran Bretaña declarasen la guerra al Reich Alemán. En el pueblo checo renació la esperanza. Era su guerra la que ahora comenzaba.

La sección III se convirtió en un hervidero de oficiales alemanes y agentes de la Gestapo. Los trenes que acarreaban soldados y suministros germanos a la frontera polaca se sucedían sin cesar.

Al cuarto día de la guerra polaca, a las diez de la mañana, sonó el teléfono en la oficina de Rada. Éste, que esperaba la llamada diaria de su jefe, descolgó y dijo su nombre.

–Soy el doctor Fobich –oyó decir desde el otro extremo–. Haga el favor de venir a mi despacho dentro de diez minutos. Sección III.

Rada dejó el auricular y miró a Havelka.

–¿Qué ocurre? –preguntó su colega.

–Fobich –dijo Rada–. Me dice que me presente en su despacho dentro de diez minutos.

Havelka continuó su labor guardando silencio. Al cabo de cinco minutos dijo:

–Tiene que ir, Rada.

Al mismo tiempo se levantó y abandonó la estancia.

Cuando Rada abrió la puerta, se lo encontró en el pasillo. Estaban solos en el largo y oscuro corredor. Havelka dijo en voz baja:

–Lo dicho, pues. Tendrá nuestro consejo.

Luego volvió a la oficina.

En la sección III, Rada fue conducido a una amplia sala de espera. En torno a dos mesas, y a lo largo de las paredes, había una decena de personas sentadas esperando. Se quedó de pie cerca de la puerta. Después de media hora se sentó. Trató de espantar los pensamientos, pero no había manera. No podía imaginarse el motivo por el que Fobich lo convocaba. Era un hecho excepcional que un pequeño funcionario de la sección de tarifas fuese llamado a comparecer en la sección III, que constituía un área aparte de carácter secreto. Era francamente inconcebible que un funcionario subalterno de aquélla entrara en contacto con el jefe de ésta por motivos de servicio; sólo el presidente de la sección de tarifas estaba llamado a despachar con la sección III sobre los asuntos comunes que surgiesen. Por consiguiente, era probable que Fobich deseara una charla privada con él. Aunque su llamada tuviera un tono oficial. Al teléfono, no lo había tuteado; su voz había sonado distante y reglamentaria. Era posible que hubiera adoptado aquel tono por el hecho de que las conversaciones telefónicas estaban vigiladas y él no quisiera revelar a los alemanes que mantenía una relación de tuteo con un pequeño funcionario de la sección de tarifas. Fuese cual fuese la razón de la llamada, ésta resultaba sumamente inquietante. Rada, aún aferrado a la creencia de que su único empeño había de ser el de vivir de forma discreta para preservarse a sí mismo y a su familia de la desgracia, temía que la nada discreta citación o invitación causara una desgracia sin igual. Reparó en que dos semanas y media atrás, pese a su afán de vivir lo más desapercibidamente posible, se había convertido sin querer en cómplice de un secreto que en cualquier instante podía acabar con él y los suyos. ¿Por qué lo había hecho Havelka? ¿Y por qué el destino lo relacionó precisamente a él con el jefe de sección Fobich, quien, a juicio de todos los enterados, era el hombre más peligroso del Ministerio? Por suerte, no los unía ningún secreto.

Al cabo de otra media hora, Rada fue llevado al despacho de Fobich. Éste le tendió la mano y dijo:

–Siéntate.

Rada tomó asiento.

–¿Cómo estás? –preguntó Fobich.

–Gracias. No me quejo.

Fobich sonrió:

–Lo sé. Eres una persona modesta.

Cogió una carpeta que tenía delante, la abrió y dijo:

–Tengo aquí tu currículo. Llevas mucho tiempo en la sección de tarifas. Allí no puedes progresar. Haré que te trasladen a la sección III. Así subirás también de categoría. Espero que no te desagrade.

Rada demoró la respuesta. Miró los refulgentes ojos negros de Fobich. Pensó en las palabras de Havelka: Fobich es un canalla. Pensó: ese canalla, ese traidor, quiere corromperme. ¿Por qué justamente a mí? No le he hecho nada. Incluso le salvé la vida. ¿Por qué quiere trasladarme a la sección III? ¿Para qué me necesita?

No podía seguir callado. Tenía que contestar. Tenía que defenderse. No pensaba en sí mismo; pensaba en su hijo. Pensaba que tenía el deber de dejarle a su hijo un apellido honrado, sin tachas. Sabía que no podría hacerlo si alguien, fuese Havelka u otra persona, tenía motivos para decir: «Rada se ha puesto al servicio de un traidor. Rada es un traidor».

–Y bien, ¿qué me dices? –preguntó Fobich dejando la carpeta sobre la mesa.

Rada respondió:

–Perdón. Estoy sorprendido. No estaba preparado...

Buscaba las palabras. Tenía que explicar, tenía que justificar por qué se oponía al traslado a la sección III. Tenía que encontrar una explicación inocua, porque era peligroso hacerse enemigo de aquel hombre, de aquel canalla y traidor.

Fobich creyó que Rada ya no tenía nada que decir, le ofreció un cigarro y dijo:

–Asunto cerrado, pues. ¿Aún sabes dónde vivo? Ven a mi casa mañana después de las ocho. Mi mujer se alegrará.

Rada no aceptó el cigarro. Parecía no ver la pitillera dorada que el otro le alcanzaba. Tenía los ojos dilatados. Dijo:

–Quiero quedarme en la sección de tarifas.

Fobich hizo un movimiento que indicaba sorpresa. Rápidamente, sin dar tiempo a una pausa, Rada dijo:

–Es un trabajo con el que estoy familiarizado. No quiero faltar a la modestia, pero creo poder decir que entiendo mucho de tarifas. Elaboro las tablas más complejas sin la menor dificultad. Mi jefe siempre ha estado satisfecho de mi trabajo. No creo que pudiera rendir dignamente en otra sección. Ya no soy joven y no me resultaría fácil entrar en una materia distinta. Agradezco mucho la buena intención, pero ruego poder quedarme en la sección de tarifas.

Fobich guardó la pitillera en el bolsillo y dijo:

–Parece que no me has entendido. Te estoy ofreciendo una promoción extraordinaria. Ascenderás fuera del escalafón. Tendrás un puesto de confianza en mi sección. En mi despacho, en mi secretaría. Necesito urgentemente a una persona de la que fiarme. Enseguida he pensado en ti. Es difícil encontrar a una persona solvente en la que se pueda tener plena confianza. La que yo te tengo es infinita. No puedo prescindir de ti. –Miró a Rada con una sonrisa y añadió–: No seas loco. Harás carrera en mi sección. Me encargaré de ello.

Rada negó con la cabeza.

–Se lo agradezco –dijo–. Le agradezco de nuevo la buena intención. Pero quiero quedarme en la sección de tarifas. Ruego...

Fobich apretó un botón. Entró un ordenanza.

–Mañana, a partir de las ocho de la tarde, pues –dijo Fobich, y le tendió la mano a Rada.

Rada salió.

Había contestado con voz firme. Pero ahora se daba cuenta de que le temblaban las piernas. Como un enfermo que después de varias semanas de postración intenta dar los primeros pasos, se arrastró por los pasillos y las escaleras hacia la calle y el edificio aledaño. Estaba muy pálido cuando entró en su pequeña oficina. Se sentó a su mesa y se inclinó sobre los cálculos que lo habían ocupado antes de la llamada de Fobich. Havelka lo observó de reojo y sin hacer preguntas.

En el descanso del mediodía, Rada salió del edificio. Havelka lo siguió y lo alcanzó en la calle. Enfilaron una bocacalle silenciosa de poco tráfico. Rada le contó lo que Fobich había dicho. Repitió palabra por palabra su respuesta negativa. Por último, le informó también que al día siguiente tendría que acudir a casa de Fobich.

Havelka lo escuchó en silencio. Después de haber oído todo el relato, dijo:

—Esto es grave.

Caminaron hasta el final de la calle sin decir nada y dieron la vuelta. Havelka volvió a decir «esto es grave». Se paró y dijo en voz baja:

—Ha hecho bien en rechazar la oferta en el acto. Tampoco debe ir a su casa. Si comienza a tratar con un traidor como él, estará perdido y no habrá quien lo salve.

Rada caminaba mudo, ensimismado, junto a Havelka, quien no sabía si el hombre turbado que andaba a su lado le prestaba atención. Al cabo de unos minutos, Rada dijo:

—Estoy perdido de todas formas. Pero me da igual. Lo importante es dejarle un apellido honrado a mi hijo.

—Correcto –dijo Havelka–. Pero no está perdido ni mucho menos. Por lo pronto, yo que usted pediría una baja laboral. –Se calló porque pasaban dos hombres. Después de que hubieran desaparecido, continuó–: Pero mañana aún tiene que ir a la oficina. Le prometí que le daríamos consejo. Pues ya lo ha oído. Pero no soy yo el que decide. Esta noche voy a hablar con las personas que organizan nuestra lucha. Supongo que compartirán mi opinión y la suya, pero tenemos que saberlo con absoluta certeza. Mañana le diré lo que ellos consideren oportuno.

Por la tarde, camino de su casa, Rada decidió no decirle todavía nada a su familia; quería mantenerla, al menos por ese día, al margen de la nueva preocupación, de la nueva amenaza. Simular una enfermedad, como le había aconsejado Havelka, no le parecía bien. ¿Acaso tenía sentido quedarse en casa un par de días o tres o incluso una semana? Al cabo de ocho días, a más tardar, llegaría un médico oficial y constataría que se trataba de una enfermedad fingida. Hasta cabía un supuesto peor. Fobich, ofendido, podría querer vengarse y poner al renuente funcionario subalterno en el punto de mira de la Gestapo. Un individuo peligroso, un canalla y traidor era capaz de todo.

Esa noche, Rada durmió mal. Pensaba en qué habría hecho si sus colegas no hubieran sabido que él conocía a Fobich desde la infancia. Llegó a la conclusión de que en ese caso no se habría negado al traslado a la sección III. Era una ley sagrada que un funcionario del Estado no podía negarse a ocupar el puesto que se le asignara. Hasta el día de hoy Rada había desempeñado escrupulosamente su función en la sección de tarifas. Pero no estaba dispuesto a admitir que ningún poder del mundo lo forzara a convertirse en un traidor; lo tenía claro. ¿Lo sabían también los demás, los que habían montado una organización de lucha clandestina? Ellos no lo sabían. Por eso debía rechazar el puesto en cuestión. Las consecuencias de su negativa eran fáciles de adivinar. Sin embargo, debía hacer ese sacrificio. Por consiguiente, debía sacrificar también a su familia.

Respiraba con dificultad. Pensó en su hijo. Se imaginó todos los suplicios que se ceñirían sobre él, sobre Edmund y Marie, que dormía desprevenida y con aliento acompasado. Los pensamientos se le enredaron como los de un ser atacado de fiebre. De pronto, concilió el sueño. Eran las cinco de la mañana.

A las siete menos diez lo despertó Marie. Ocurría pocas veces que tuviera que despertarlo. Su escrupulosidad, que lo dominaba hasta en el sueño, lo despertaba todas las mañanas a las siete menos veinte con la puntualidad de un despertador. Soñoliento, se restregó los ojos y cogió el reloj. En ese mismo instante supo de nuevo lo que le había sucedido.

La mañana en la oficina transcurrió con lentitud insoportable. En un momento dado Havelka le guiñó el ojo pero no dijo nada. Lo hizo poniendo cara de astuto, casi alegre. Cuando empezó el descanso del mediodía, se levantaron y abandonaron juntos el edificio.

Volvieron a enfilar la bocacalle de poco tráfico a la que habían acudido el día anterior. Havelka miró hacia todos lados. No había un alma. Dijo:

–He hablado con quienes deciden. Consideran que su decisión no ha sido acertada. Opinan que debe ingresar en la sección III. Le conceden plena confianza y esperan que pueda ser útil a nuestra causa si trabaja en dicha sección.

Rada se detuvo. Miró al suelo y dijo:

–No sé qué decir al respecto. No soy una persona aguda que conozca bien el terreno. No sé qué se espera de mí. No puedo prometer nada. Soy una persona que siempre se ha identificado única y exclusivamente con su actividad de funcionario y su vida familiar. No doy para más.

Havelka lo escuchó con cara seria y dijo:

–Eso queda por ver.

–Y esta noche... –dijo Rada.

–Es verdad –dijo Havelka–, casi se me olvidaba. Tiene que ir a casa de Fobich esta noche. No debe despertar su desconfianza. Esto es lo más importante.

6

Cinco minutos después de las ocho, Rada se encontraba ante la villa del ajardinado barrio de Dejvice en la que vivía Fobich. Llovía y Rada tiritaba. Pero no se decidía. Era una tarea penosa, horrorosa, pisar aquella casa y charlar con Fobich. Al fin hizo de tripas corazón y llamó al timbre de la puerta del jardín.

Fobich aún no estaba en casa. Su alta y apuesta esposa lo disculpó explicando que había llamado para decir que una reunión importante le impedía llegar a tiempo.

–Mientras tanto tendrá que conformarse con mi compañía –dijo.

Rada no la había visto en siete años, desde su última visita a aquella casa. En aquella ocasión fue poco amable con él. Había puesto cara de aburrimiento. Hoy presentaba un aspecto más juvenil que el de la agria mujer de cuarenta años que había conocido siete años atrás. Sus pómulos prominentes embellecían de forma extraña el gran rostro. Tenía ojos de un azul radiante. Hablaba bastante mal el checo. Era una alemana de los Sudetes. Rada presumió que Fobich se había convertido en traidor por su influencia.

La mujer trató de ser amable. Rada daba respuestas cortas, de modo que la conversación se encalló a los pocos minutos.

–Sigo hablando muy mal el checo; ahora ya no lo aprenderé –dijo.

Ahora ya no necesita aprender nuestra lengua, pensó él, y el rencor que había reprimido a duras penas al entrar en la casa volvió a anegarlo.

–Mi marido lo aprecia mucho –dijo la mujer–. Nunca ha olvidado que usted le salvó la vida.

Una muchacha checa avisó de que había llegado el teniente Bethge. La mujer se puso de pie, pidió disculpas y abandonó la estancia. A los pocos minutos volvió con un oficial alemán de unos veintitrés años al que presentó a Rada. El joven, rubio, de gran estatura, nariz larga y recta, tomó asiento.

Al cabo de unos minutos, Rada se levantó y dijo que no quería molestar. La mujer protestó:

–Es usted mi prisionero –dijo–. Estoy segura de que mi marido no tardará en venir. Por cierto, ya podemos empezar a cenar.

Pasaron al comedor.

Rada no entendía de qué hablaban. Pensó con rabia y rencor: comparto mesa con un oficial alemán. Su rencor se dirigía, sobre todo, contra Fobich, pero también contra Havelka, quien había dicho: «Tiene que ir a casa de Fobich esta noche. No debe despertar su desconfianza».

Fobich llegó antes de que acabaran de cenar. Mientras se ponía a comer, su esposa y el oficial se levantaron y salieron. Ya no se dejaron ver en toda la noche. Fobich hizo un guiño de astucia al enmudecido Rada y dijo:

–A ese teniente Bethge lo vas a ver a menudo de ahora en adelante. Hace de discreto observador militar en la sección III. Las cosas de las que no se entera en el Ministerio trata de saberlas a través de mi mujer. Pero no suelo confiarle a ella los secretos profesionales.

Rada quedó perplejo y confuso al oír a Fobich referirse al espionaje alemán. ¿Qué pretendía el traidor con aquel comentario? ¿Quería hacer ver que engañaba a los alemanes y sólo en apariencia se había pasado al bando enemigo?

Fobich condujo a su invitado a una habitación repleta de libros. Se acomodaron. Por primera vez en mucho tiempo, Rada tuvo ocasión de contemplar más de cerca la cara de aquel hombre temido.

De joven, Fobich había sido guapo. Ahora, a sus cincuenta años, seguía gustando a numerosas mujeres aunque unos surcos profundos rompían la armonía de sus facciones regulares y sus refulgentes ojos negros producían un efecto repulsivo. En las últimas semanas, Rada había soñado a menudo con aquella cara inquietante. Fobich se vio observado por su mirada escrutadora y sonrió.

–Pues bien –dijo–, ¿te has resignado con tu ascenso? ¿O te resulta realmente desagradable el traslado a mi sección?

Rada contestó al cabo de una breve pausa:

–Hubiera preferido quedarme en mi puesto. Pero sé que no tengo derecho a protestar contra un traslado.

–Y con razón –atajó Fobich–. A ciertas personas hay que imponerles la felicidad. Y tú formas parte de esa especie de bichos raros. Lo que te falta es seguridad en ti mismo, nada más. Eres un especialista muy eficiente en tarifas y hace años que no tienes en la cabeza otra cosa que esas cuestiones tarifarias. Por eso crees que no tienes mucha valía para otro campo. Yo estoy convencido de lo contrario. Quien alguna vez ha rendido de verdad en un campo determinado, también suele dar la talla en otro. Uno es eficiente o no lo es. Verás cómo te pones al día rápidamente.

–Tienes una opinión demasiado buena de mi capacidad de trabajo. De todas formas, te lo agradezco.

Fobich puso cara seria. Hizo un gesto de rechazo con la mano y dijo:

–No hay de qué. Necesito colaboradores solventes. Te digo sin rodeos que tu traslado a la sección III se debe a puro egoísmo. No sé si sabes que en mi posición actual lo paso muy mal. Los antagonismos políticos me amargan la vida. Un alto porcentaje del funcionariado me ve con malos ojos. Muchos adoptan hacia mí una actitud que me obliga a extremar la precaución. Ya no puedo tener confianza absoluta en nadie. No tengo prácticamente a nadie de quien fiarme.

Guardó silencio. Sus ojos brillaban con destellos de ira. Las arrugas profundas de su blanca y augusta frente conferían a la cara una expresión sombría, conminatoria. Estrujó el cigarrillo que sostenía en la derecha, adornada con un anillo de perlas, y lo tiró sobre la mesa con gesto furibundo.

Rada se cuidó de replicar una sola palabra. ¿Por qué me cuenta todo eso a mí?, pensó. ¿Por qué da por supuesto que se puede fiar justo de mi persona? ¿Qué le da derecho a esa presunción?

Fobich pareció leer estos pensamientos en la cara de Rada. Encendió un cigarrillo, arrimó su silla y dijo:

–Quizá te extrañe que te diga todo esto. Pero es que no sabes cuánto confío en ti. Eres la única persona en la que tengo plena confianza.

Rada no pudo disimular su sorpresa infinita. Dijo:

—No sé por qué. No sé por qué me concedes tanta confianza precisamente a mí.

Fobich soltó una carcajada. Volvía a lucir el gesto del hombre de éxito y aplomo que nunca pierde la superioridad.

—Te conozco a la perfección —dijo—. Aquella vez en el Moldava, recién escapado a la muerte de milagro, te miré a los ojos. Desde entonces te conozco perfectamente. Mejor que a mí mismo. No es una broma si digo que te conozco mejor que a mi propio yo. Una persona con tus ojos y tu cara... Querido amigo, yo podré cometer algún que otro gazapo, pero, eso sí, me fío completamente de mi psicología.

Rada se quedó pasmado. ¿Acaso Fobich no sabía que lo que estaba cometiendo no era un «gazapo» sino un crimen, el crimen más grande que cabía imaginar? ¿Consideraba, en el peor de los casos, la traición a su pueblo un «gazapo»? ¿Estaba loco? ¿Desquiciado?

Rada sintió que su frente se cubría de sudor. Replicó:

—No sé qué decir al respecto. Se oyen muchas cosas pero uno no sabe lo que ha de creer y lo que no. Por eso me resulta difícil entender tus insinuaciones.

–¿Insinuaciones? –Fobich parecía decepcionado y disgustado–. Yo no hago insinuaciones. Digo con la mayor franqueza lo que pienso y considero correcto. Desde el otoño pasado no pierdo ocasión para declararlo en público y en privado. Sé exactamente lo que te han contado y lo que se habla de mí en cada una de las oficinas. Que soy un traidor, ¿verdad? Es eso lo que se dice. Soy un traidor porque colaboro con los alemanes. Soy un traidor porque me he puesto a su disposición. ¿Es cierto? ¿No es eso lo que se dice?

–Sí.

La respuesta de Rada pareció satisfacer a Fobich. Asintió con la cabeza y ya no ponía cara de enfadado. Dijo:

–Lo sé. Y también sé que estoy completamente solo. Tú también me consideras un traidor. ¿No es cierto? Eres una persona sincera, no me vas a mentir. Di, pues, con toda sinceridad: ¿también me consideras un traidor?

–¿Es verdad que te has puesto a disposición de los alemanes?

–Sí, naturalmente. Todo el mundo lo sabe.

–¿Y tú mismo no te consideras un traidor?

–¡No! ¡Claro que no!

–No lo entiendo.

Había en las palabras, el rostro y la voz de Rada un asomo de impotencia.

Fobich sonrió. Miró a Rada con cara risueña y dijo:

–Lo sabía: eres la persona más sincera en esta tierra de Dios.

Se levantó, fue a buscar varias botellas de aguardiente y se tomó una copa de coñac. Luego dijo:

–Eres un crío en lo que a política se refiere. Lo mismo que lo es todo el pueblo checo. Echa un vistazo al mapa. Estamos cercados por Alemania por todos lados. Ya antes de la anexión de Austria estábamos cercados por Alemania de una forma tan amenazadora que era mera locura respaldarnos en la alianza con Francia, pese a nuestra desafortunada situación geográfica. Nadie puede cambiar el hecho de que el gran pueblo alemán, un pueblo guerrero, conquistador, ocupa la mayor parte de Centroeuropa. Por consiguiente, tenemos que resignarnos con nuestro destino o perecer. Es nuestro destino estar enclavados en el espacio centroeuropeo, dominado por Alemania. ¿En quién vamos a apoyarnos? Francia está lejos. Inglaterra está lejos. Rusia está lejos. Ninguna de estas grandes potencias será capaz de expulsar a Alemania de Centroeuropa jamás o de aniquilar al gran pueblo alemán. En 1918 Alemania fue batida. Entonces fundamos nuestra República, y el pueblo de Masaryk tenía la esperanza de no perder ya nunca más su independencia estatal y nacional. El otoño pasado y, en particular, el 15 de marzo se vio lo poco realista que era esa esperanza. No soy un soñador. En política no se puede pasar por encima de la realidad. Por eso tenemos que llevarnos bien con Alemania. Si le seguimos la corriente, tenemos más oportunidades de afianzar nuestra existencia que si le declaramos la guerra. Quizás incluso podamos sacar provecho del tamaño de ese país si aceptamos la idea de que pertenecemos al espacio vital pangermánico. Es absolutamente posible que vayamos camino de una nueva época de esplendor cultural y económico si abandonamos la resistencia contra la hegemonía alemana.

Rada escuchó con repugnancia. No podía comprender que un checo aceptara a los nazis con su odio y su arrogancia racial y que diera por buena la esclavización del pueblo checo. Que Fobich fingiera servir a los planes de los alemanes no por motivos egoístas, ni por ambición enfermiza, ni como agente a sueldo de los asesinos y expoliadores, sino por su más íntima convicción, indignó a Rada más profundamente que todo lo que ya sabía y temía antes de aquella conversación. Estuvo tentado de saltarle a la yugular. Pero se impuso serenidad, una apariencia de serenidad. Renunció a cualquier palabra de rechazo y dijo:

–El futuro demostrará si ese criterio es acertado. No entiendo de política.

—¿Nunca has tenido alguna actividad política? —La voz de Fobich delataba una leve desconfianza—. ¿Eres más de izquierdas o de derechas? Es imposible que no tengas color político.

Rada lo miró con expresión cándida y dijo:

—Soy padre de familia.

La respuesta pareció divertir a Fobich. Se echó a reír, bebió otro coñac y dijo:

—Comprendo. Quieres tener tu paz. No quieres pelear conmigo. Bien. Apruebo tu actitud, no soy un fanático, un exaltado político. Si hoy todavía no me das la razón, algún día cambiarás de idea; estoy firmemente convencido de lo acertado de mi política realista. Tarde o temprano, todo el pueblo checo me dará la razón a la fuerza. La supremacía de Alemania es demasiado grande. Nadie puede resistir el poder militar de Hitler. Sin duda, a las democracias occidentales les habría gustado ayudarnos en otoño de 1938 y el 15 de marzo, pero no estaban armadas ni lo están en la actualidad. Nadie puede con el ingente armamento de Hitler. Pero dejemos el tema. No te pido acciones que se contradigan con tus creencias. Sólo te pido que trabajes en la sección III de forma tan concienzuda y con tanto celo como lo has hecho en la sección de tarifas. Con eso me basta. Eso ya me sirve. Quienes trabajan en mi sección preferirían verme muerto. Siempre estoy temiendo que provoquen algún siniestro para perturbar los movimientos de las tropas alemanas. Tú no lo harás. Tú cumplirás tu deber, lo sé. Una persona con tu carácter no puede vivir sin cumplir su deber. Por eso deposito en ti toda mi confianza. Y ahora nos tomaremos un coñac por el bien de tu familia.

Rada levantó su copa y bebió. Al cabo de unos minutos se despidió.

7

La sección III operaba día y noche. Le incumbía el transporte rápido, fluido y sin tropiezos de los soldados alemanes y el material bélico a la frontera polaca. El servicio funcionaba como un cuartel. La Gestapo acechaba invisible detrás de cada escritorio. Los funcionarios checos trabajaban con obstinación, presos de un estado de sobreexcitación incesante. Mudos y empecinados, cargaban con el peso de aquella vida miserable sostenidos por una gran esperanza: algún día el suplicio se acabaría; algún día se vengarían. Pero esa esperanza, emanada de una fe y voluntad inquebrantables, parecía insensata. Los ejércitos de Hitler avanzaban con fuerza irresistible en territorio polaco.

Rada pasó a ocupar una oficina contigua al despacho del jefe de sección Fobich. Su mesa estaba situada en el centro de la sala. Junto a la ventana se sentaba una secretaria o taquimecanógrafa alemana, la señorita Elsbeth Puhl. Entraba todas las mañanas hacia las nueve saludando con su «¡Heil Hitler!». Rada, quien, al igual que en la sección de tarifas, comenzaba a trabajar dos minutos antes de las ocho, algunos días devolvía el odiado saludo con un «¡Buenos días, señorita!»; otros, no replicaba, sino que se sumergía en sus papeles fingiendo no oír ni ver nada. En algunas ocasiones respondía correcta y cortésmente a las preguntas técnicas de la señorita Puhl, que cada día le consultaba docenas de dudas porque no dominaba la lengua checa y, por tanto, se topaba con obstáculos continuamente; en otras, se hacía el sordo. No para fastidiar a la taquimecanógrafa, sino por miedo a perder la paciencia y el dominio de sí mismo. Temía que el día menos pensado, en vez de dar una respuesta correcta y cortés, fuera a decir algo terrible o, más aún, decirlo a voces, a gritos, bramando una frase que pudiera delatarlo y precipitarles a él y a su familia a la perdición. Por eso, a veces persistía en su mutismo dejando las preguntas de la señorita Puhl sin respuesta.

De forma cautelar, le había dicho el primer día:
—Oigo mal, señorita.

Pero Puhl no tardó en descubrir que a veces simplemente se negaba a oír y fue a quejarse ante el jefe de sección.

Fobich le contestó:

–No lo tome a mal. Es un tipo raro. Un hombre sumamente honesto y fiable, pero un tipo raro. Lo conozco desde mi infancia.

Dado que Fobich le había anunciado un puesto de confianza, Rada supuso que habría de ocuparse de documentos secretos. Temía la aciaga visión de correspondencias con las autoridades militares alemanas, de actas comprometedoras, de turbias operaciones. Sin embargo, a Rada no se le confiaron tareas de esta índole.

Conjeturó entonces que estaban reservadas a la señorita Puhl, quien dos veces al día tomaba dictados a puerta cerrada en el despacho de Fobich. Presumiblemente, existían más personas de confianza a las que el jefe de sección encomendaba trabajos importantes, pese a su afirmación de que no podía fiarse de nadie en su área. La actividad de Rada servía, principalmente, a la coordinación de los horarios. Tenía que calcular las horas de salida de los trenes que había que intercalar en determinados trayectos. Elaboraba esos cálculos sobre la base de las velocidades de marcha establecidas. De los datos que se le facilitaban no podía desprenderse si los convoyes estaban destinados a desplazar tropas, armas o mercancías; a estos pormenores se dedicaban otros funcionarios que, a su vez, no eran informados acerca de los horarios de salida. Tal sistema de ocultamiento tenía por objeto prevenir la revelación de secretos militares y los actos de sabotaje. El trabajo de Rada no carecía de importancia, pero en el fondo no se distinguía de la actividad burocrática que desempeñaba en la sección de tarifas. Tenía que calcular; también en tarifas había tenido que hacerlo. Sus cálculos tenían que ser exactos; también en tarifas tenían que serlo. Significaba un alivio para él interpretar de esa forma inocua su nuevo cargo y sus quehaceres, aunque era consciente de que esta interpretación no podía mantenerse sin un mínimo de autoengaño, pues los cálculos a que se dedicaba remitían, casi todos, a secretos militares de los que dependía el abastecimiento de las tropas alemanas. Por otra parte, en cualquier instante podría verse involucrado más profundamente en el misterioso proceso de trabajo de la sección III, ya que Fobich había manifestado el propósito de encomendarle los negocios de secretaría, que sólo podían entregarse a la persona más digna de confianza.

Una semana después de su traslado lo abordó, camino de casa, y ya cerca de ésta, Havelka, al que no había visto desde que dejara la sección de tarifas.

–Le he estado esperando –dijo su antiguo colega–. Haga el favor de venir a mi casa esta tarde pasadas las ocho. El jefe de la organización desea hablar con usted.

Dio media vuelta y se fue.

Rada, cogido por sorpresa, no tuvo tiempo de responder. Se marchó a casa y se sentó a la mesa. No había detallado a los suyos las circunstancias y las consecuencias de su traslado a la sección III, ni menos aún les había dicho nada inquietante al respecto. Sin embargo, ellos sabían que quien dirigía esa sección era Fobich, cuya actitud sospechosa había sido, ya antes del traslado, motivo de conversación en varias ocasiones, y adivinaron el tormento que Rada les ocultaba con su mutismo. Cuando le dijo a Marie que, después de cenar, iría a ver a Havelka, ella lo miró con gesto inquisidor y le preguntó:

–¿Ha ocurrido algo?

–No, nada –dijo–. Descuida. Sólo queremos reunirnos de vez en cuando porque en el Ministerio ya no nos vemos.

Comió apresuradamente y abandonó la casa nada más terminar la cena.

Marie y Edmund lo siguieron con una mirada de preocupación.

–¿Te ha dicho papá si pertenece a una organización clandestina? –preguntó Edmund a su madre, recordando que su padre se había referido varias veces a la actividad política de Havelka.

–No –dijo Marie–, no me ha dicho nada. De ser así, creo que me lo habría dicho. Pero quizá tiene prohibido decirlo. Es posible.

Edmund asintió con la cabeza y dijo:
—Me alegraría que fuera uno de los militantes.
Marie se puso a pensar y, tras un rato de meditación, dijo:
—No sé si yo me alegraría. Nunca se ha ocupado de política, no la conoce tan bien como los que han hecho de la lucha política una costumbre. Correría mayor peligro que los demás porque conoce menos el terreno.
—No obstante, te alegrarías –dijo Edmund, y sonrió.
Los ojos ágiles, erráticos, de Marie se pusieron rígidos y vidriosos.
—Me alegraría –dijo–, pero no dormiría tranquila una sola noche. No tendría un solo momento de paz.
Edmund la miró a los ojos risueños y dijo:
—¿Quién tiene paz hoy en día, mamá? –Su sonrisa se extinguió. Se levantó y continuó–: No lo creo, mamá. No creo que esté entre los militantes.
Ahora la sonriente era Marie.
—¿No lo crees capaz? –preguntó.
Edmund dudó en la respuesta. Al fin dijo:
—No. Mira, mamá, lleva demasiado tiempo en el Ministerio. Es un viejo funcionario. Y tiene miedo por nosotros y, por consiguiente, también por sí mismo.
Marie, cuyos ojos volvían a moverse ágiles y erráticos, esquivaba la mirada de Edmund. Dijo:

–Pero sabes que en la guerra anterior fue legionario. Ahí, en ese armario, aún está colgado su uniforme.

–En la guerra anterior... –dijo Edmund–. Pero lo que sucede ahora es más peligroso que la guerra anterior.

–No lo conoces. No me sorprendería que se uniera a una de las organizaciones de lucha. Es un hombre enérgico, reposado. No actúa sin pensar. Pero siempre hace lo que le parece correcto. Si juzga correcto unirse a una organización de lucha, lo hará y no se dejará amedrentar por nada.

–¿Tampoco por la preocupación por nosotros?

–¡Tampoco por la preocupación por nosotros!

Edmund dio un salto hacia su madre como si fuera a abrazarla, pero se detuvo a poca distancia y no dijo nada. Marie vio que se alegraba. Edmund, sin decir palabra, se fue a su cuarto. La madre se dirigió a la cocina a atender su labor.

Rada entró en la casa de Havelka con el alma en vilo. Ni por un momento había considerado la posibilidad de hacer caso omiso de la invitación, pero temía que le fueran a imponer una carga que él no pudiese soportar. La que llevaba encima era ya tan gravosa que lo abrumaba. Desde su traslado a la sección III sabía que algún día se vería forzado a asumir las consecuencias del funesto enredo del que era víctima. Pero ese día –así se lo decía el instinto–

aún no había llegado. Hacía apenas una semana Havelka había dicho que no se le iba a pedir el ingreso en la organización; que seguramente podría servir mejor a la lucha permaneciendo ajeno a la misma. Desde entonces nada había cambiado.

Rada llamó al timbre del piso. Havelka abrió y dijo en voz baja:

–Le está esperando.

Entraron en la sala. Rada vio a un hombre de unos cuarenta y cinco años, sin barba, fuerte, ancho de hombros y de mediana estatura, con ojos marrones y complacientes, boca vigorosa y ancha barbilla. Parecía un óptico o un farmacéutico que preguntara por los deseos del cliente. Sin embargo, cuando se sentó y dejó las manos sobre la mesa, Rada observó que se trataba de un obrero: tenía las manos toscas y callosas y a la derecha le faltaba un dedo, cercenado, al parecer, por una máquina. El hombre estrechó la mano de Rada y dijo:

–Me llamo Novák.

Había en Praga muchas personas que se llamaban Novák; era uno de los apellidos más frecuentes en tierras checas. Si la Gestapo buscaba a un hombre llamado Novák, el conocimiento del apellido no le serviría de mucho. Rada, a quien este pensamiento le atravesaba la cabeza, dijo con timidez:

–Mucho gusto. Me llamo Rada.

–Ya lo sé –dijo sonriente el hombre que decía llamarse Novák. Rada se sintió avergonzado, como alguien que acaba de darse cuenta de que ha dicho una simpleza. Novák continuó–: Sé quién es usted. También sé qué actividad le han dado. Por eso quería hablar con usted esta noche. Nos viene muy bien que elabore los horarios de salida de los transportes militares. Es un trabajo muy importante, un cargo importantísimo.

Rada quedó sumamente sorprendido y estupefacto. No había revelado a nadie el trabajo que le habían asignado en la sección III. No se lo había dicho ni siquiera a su familia.

–Que usted lo sepa... –dijo meneando la cabeza–. Trabajo solo en una oficina con una señorita nazi. No tengo absolutamente ningún contacto con el resto del funcionariado. Por eso estoy tan perplejo.

–Al igual que la Gestapo, tenemos a nuestra gente en la sección –dijo Novák.

Miraba a Rada con serenidad. Ya no sonreía. Observaba su gesto, examinaba su cara. Dijo:

–Havelka me ha hablado mucho de usted. Creo que todo lo que me ha contado es cierto. Me fío de mi ojo. Debo fiarme de mi ojo, no tengo otra posibilidad para conocer a las personas que puedan sernos útiles.

Rada se recompuso. Dijo:

—¿Havelka también le ha dicho que fui a parar a la sección III por un infausto azar? ¿Por haber sacado casualmente a Fobich del agua cuando era estudiante?

—Adivino lo que quiere decir con eso —respondió Novák—. Está pensando constantemente en su familia. En su hijo. No quiere poner en peligro a los suyos. Lo sé, lo sé, conozco eso. No quiero complicar su situación. Havelka ya se lo ha dicho, ¿verdad? Por lo pronto, no queremos absolutamente nada de usted. Pero dígame una cosa: ¿odia usted a los nazis?

Rada miró al hombre con gesto interrogante y dijo asombrado:

—Por supuesto.

—Pues ve —dijo Novák—. Usted odia a los nazis pero está pensando constantemente en su familia. Si odiara a los nazis tal como se lo merecen, no estaría pensando en su familia constantemente. No es un reproche. Voy a explicarle a qué me refiero. —Corrió su silla hacia atrás y abrió en abanico los dedos que descansaban sobre la mesa—. Hitler no es tonto. Nos ha mandado a Praga a ese «protector», a ese barón Neurath, del que se dice que es un hombre civilizado, no un carnicero, no una mala bestia como los capitostes del partido nazi. Ese barón Neurath tiene la impertinencia de afirmar que los nazis tuvieron que ocupar nuestro país y echárselo en el bolsillo por razones políticas y estratégicas, pero que no por ello son nuestros enemigos. Los nazis saben que los odiamos. El señor Neurath nos quiere hacer creer que ese odio no está justificado. Eso, naturalmente, es imposible, y las numerosas detenciones practicadas desde el 15 de marzo por la Gestapo en Praga y toda Checoslovaquia son una clara muestra de lo que valen las bellas palabras del «protector». Pero hay gente que dice: A lo mejor no es para tanto. Como la desgracia nos ha caído encima, tenemos que resignarnos. Es justo lo que quiere el señor «protector». Y hay gente que se dice a sí misma: Estaría bien si pudiéramos hacer algo contra los nazis. ¿Pero puedo yo hacer algo? Soy un pobre diablo, no puedo hacer nada. Si hiciera algo, lo único que conseguiría sería la perdición de mi familia, y nada más.

Rada humilló la cabeza. Dijo:

–Así es. Sería incapaz de seguir viviendo si a mi hijo le pasara algo por culpa mía.

Novák asintió:

–Lo sé. Es eso. ¿Y sabe también por qué piensa así? Porque no odia a los nazis lo suficiente. Y no los odia lo suficiente porque todavía no conoce a muchos de ellos. Los nazis nos han quitado nuestro Estado, nuestra libertad, nuestra independencia, nuestro territorio. Cada vez nos quitarán más. A lo mejor a usted incluso le quiten a su hijo.

Rada palideció.

–Siento tener que decírselo –continuó Novák–. Pero es mi obligación decirlo porque de lo contrario usted no me entendería. Quizá, señor Rada, usted todavía confíe en que yo esté viendo las cosas demasiado negras. Pero algún día dirá: Es verdad. Es realmente como aquel hombre lo predijo. Entonces comprenderá, señor Rada, que todo checo ha de participar en la lucha lo mejor que pueda, dando lo mejor de sí. No quiero involucrarle en nuestra lucha mientras no haya pasado por esta experiencia. Pero sé que algún día dirá: Hay que hacer esto y lo otro. Yo quiero hacer esto y lo otro.

Estiró la mano y dijo:

–Cuando haya llegado ese momento, venga a verme. O vaya a ver a Havelka. O a alguien que trabaje con nosotros. Alguno de los nuestros seguirá vivo. Vaya a ver a ese hombre entonces. Por hoy no le pido más. ¿Me promete que lo hará?

Rada tomó la mano tendida y dijo:

–Lo prometo.

8

El 28 de octubre, Edmund se puso su traje de domingo, desayunó atropelladamente y salió de casa. Su padre ya se había ido al Ministerio. Su madre estaba en la cocina. Edmund abandonó la vivienda a hurtadillas. Temía que si lo veían vestido de domingo le pidieran que se quedara en casa. El «protector» había prohibido a los checos que celebraran ese día de la fiesta nacional. Tenían que olvidar que el 28 de octubre de 1918 habían conquistado su independencia y proclamado su República. Estaban prohibidas cualesquiera aglomeraciones y festividades. Edmund había contado a sus padres que los estudiantes habían tomado la decisión de celebrar un acto silencioso. Sus padres no dijeron que no fuese. Pero en sus labios contraídos, sus caras preocupadas, sus ojos llenos de pena, el muchacho había leído ese ruego.

Caminó rápido, temeroso de que la madre fuera tras él corriendo. Llegado al puente, se detuvo. El

Teatro Nacional checo, al otro lado del río, no lucía banderas; ninguna casa en toda la ciudad estaba engalanada. Pero en las caras de los viandantes se veía que era un día especial. No podían poner banderas en sus casas pero llevaban sus atuendos de domingo. Edmund había quedado con Jarmila frente al Teatro Nacional. La muchacha ya lo esperaba. La Národní třída se hallaba poblada de gente. Jarmila le cogió el brazo. Estaba alborozada.

–Me ilusiona nuestra celebración –dijo–. Es un día hermoso. –Edmund señaló las unidades de asalto que cortaban la calle. Jarmila insistió–: Así y todo, es un día hermoso. –El sol alumbraba su cara joven y audaz. La niebla que se extendía sobre el Moldava se disipaba, la ciudad estaba sumida en la luz–. Ven –dijo Jarmila empujando con suavidad a su amigo, que miraba hacia el Hradčany centelleante. El torrente humano los impelía dictándoles su movimiento, por lo que no pudieron doblar a una bocacalle como tenían pensado.

–Nuestra celebración... –susurró Edmund temiendo que llegaran tarde.

–No importa –dijo Jarmila–, no importa en absoluto que no lleguemos a la hora. Mira a la gente. ¿No es hermoso?

Edmund se fijó en las personas que caminaban o estaban paradas a su alrededor. Vio la solemne gravedad de sus rostros y dijo:

—Tienes razón.

Se encontraban atrapados entre la masa. Jarmila empinó la cabeza.

—Están disparando —dijo con sobresalto.

—No oigo nada —repuso él. En ese instante oyó disparos remotos—. Ahora sí, ¿dónde será? Parece lejos, quizás en Karlín.

Y Jarmila dijo:

—Desearía estar allí; aquí estamos encallados, allí quizás estén luchando.

Se produjo un disparo, claramente más próximo, tal vez en el Graben o la Wenzelplatz. De pronto resonó un grito:

—¡Viva la República Checoslovaca!

Lo profirió una voz de hombre. Jarmila soltó el brazo de Edmund y gritó a más no poder:

—¡Abajo Hitler! —Edmund le cogió el brazo y lo inmovilizó—. ¡Abajo Hitler!

El grito resonaba por todos lados, delante de ellos y detrás de ellos.

—¡No tiene sentido! —exclamó un hombre sobreponiéndose a las voces—. Ellos tienen armas, nosotros no. Es una lucha desigual que no nos ayuda. Nos ayudaremos de otra manera, de una forma mejor, ¡pero no hoy! ¡Los gritos no le sirven a nadie!

La breve intervención provocó que las voces se hicieran esporádicas. Afortunadamente, los alemanes estaban a una distancia donde no podían oírlas.

Pero los disparos se acercaban. La multitud fue desviada hacia las bocacalles. También Jarmila y Edmund se vieron empujados a una de ellas.

El camino que querían tomar para llegar a la Universidad estaba cortado.

—Tenemos que dejarlo —dijo Jarmila—, tenemos que hacer solos nuestra celebración.

Edmund preguntó:

—¿Dónde?

—En mi residencia es imposible, ya lo sabes —dijo ella.

Desde la huida de su padre, Jarmila vivía en una residencia de estudiantes.

—Vamos a mi casa —propuso Edmund—, mi madre se alegrará de vernos llegar.

Jarmila sacudió la cabeza.

—Vete solo. El día se nos ha estropeado.

—¿Y nuestra celebración personal?

Jarmila se detuvo a pensar. Estaban delante de una pequeña taberna.

—Ven, tomemos un vino —dijo.

En la taberna había tres obreros vestidos de domingo.

—Nuestra fábrica hoy está parada —contaron—. No se ha presentado un solo trabajador.

Invitaron a Edmund y Jarmila a sentarse a su mesa.

—Perfecto —dijo ella—, esto será como si lo hubiéramos celebrado en la Universidad.

—¿Sois estudiantes?

—Los dos estudiamos Medicina.

—¿Sabéis hacer un vendaje en regla?

Edmund y Jarmila afirmaron. El dueño y los tres obreros los llevaron a una sala aledaña al local. Allí, en el sofá, estaba tirado un obrero que media hora antes había sido rozado por un disparo.

—No es nada —dijo—. Si empeora voy al médico. —Edmund y Jarmila reemplazaron con pericia el insuficiente vendaje que le habían retirado. Dijeron que se trataba de una lesión muy leve y absolutamente inofensiva—. Ojalá no tenga que ir al hospital, donde lo recibe a uno la Gestapo —dijo el herido—. Ahora me tomo una jarra de cerveza y estaré bien.

—¿Puede? —preguntó el tabernero, pero no esperó la respuesta y fue a buscar la jarra de cerveza.

El herido se la bebió de un tirón.

—Otra —dijo.

—No —decidió Jarmila—, basta. Si dentro de una hora se siente bien, puede tomar otro trago. Mientras tanto, nos quedamos con usted y celebramos el 28 de octubre. Es una celebración que me sale del alma. Vengaremos los disparos que se han producido hoy. ¿Cómo decían los nazis? «Llegará el día». Amigos, ahora nos toca a nosotros decir: «Llegará el día». Llegará nuestro día y no tendremos piedad.

Su rostro joven y audaz resplandecía. Los hombres llevaron sillas, dos de ellos se sentaron en el sofá. El herido miró a la muchacha y dijo:

—Ya estás hecha una médica, chica. Oírte hablar de esa manera enseguida le cura a uno la herida.

El dueño cerró la taberna. Entre todos hablaron de una lucha que apenas había comenzado. No faltaron las bromas. Al cabo de una hora, Edmund y Jarmila se marcharon; tenían la sensación de despedirse de viejos amigos.

La calleja de la taberna estaba desierta.

—Lo más seguro es que a todo el mundo lo hayan mandado corriendo a casa —dijo Jarmila—. Yo también me voy.

Edmund dijo:

—Jarmila, ¿no podríamos irnos de viaje alguna vez? Nunca estoy a solas contigo.

—¿Ahora piensas en esas cosas? —dijo ella, sorprendida, y se echó a reír. Luego lo abrazó y concluyó—: Ten paciencia. No me perderás. Pero cuídate de que yo no te pierda a ti.

—Claro que me cuido —dijo él, feliz, y siguió con la mirada a la que se esfumaba presurosa.

Al día siguiente supieron que numerosos estudiantes habían sido ingresados en el hospital con heridas de bala. Un alumno de Medicina llamado Jan Opletal, con el que Edmund había tenido mucho trato últimamente, se encontraba hospitalizado con una lesión grave causada por un disparo. Edmund quiso visitarlo pero no lo dejaron pasar.

El 11 de noviembre, Jan Opletal murió. El 15 de noviembre, un cortejo fúnebre de estudiantes acompañó el ataúd, que iba a ser transportado a Moravia, la tierra natal del muerto. El automóvil de un agente de la Gestapo embistió el cortejo. Los estudiantes volcaron el coche y recorrieron las calles entonando el himno nacional checo.

A Hitler la manifestación le vino de perlas.

A las tres de la madrugada del 17 de noviembre, las SS rodearon, por orden del Führer, los edificios universitarios y las residencias estudiantiles. Las hordas de uniforme negro irrumpieron en todos los inmuebles fusilando a quienes intentaban huir. Los portones y las ventanas fueron ametralladas y los cadáveres arrojados a la calle y a los patios. A los supervivientes los trasladaron a Ruzyn, donde sufrieron torturas, para luego deportarlos a campos de concentración. Edmund dormía desprevenidamente. A muchos estudiantes los asaltaron en sus casas, en numerosas calles resonaron los ecos de los disparos. Edmund no oyó nada; dormía. Aquella mañana, era viernes, despertó como si fuese un día cualquiera; salió de casa a las nueve y se dirigió al Clínico, donde le esperaba trabajo. Ya cerca del lugar, lo abordó un alumno de Medicina para avisarlo en susurros del peligro de entrar allí.

–Vete a casa y escóndete –le dijo–. Están cazando a todos los estudiantes. Quizá tengas suerte. Si tienes suerte, no te buscarán en tu casa. Más seguro se está en los bosques. Y seguro del todo ya sólo se está en el extranjero.

Edmund dijo que, sobre todo, tenía que buscar a Jarmila; que vivía en la residencia de estudiantes Budeč.

–No vayas –dijo el que le daba el aviso–, han hecho cosas horribles. No encontrarás a ninguna chica con vida, si acaso las encontrarás muertas. Se las llevaron a todas a Ruzyně.

–Tengo que encontrarla –dijo Edmund.

Confiaba en que el relato exagerara los horrores de la noche pasada. Se dirigió, pues, a la residencia de estudiantes Budeč. En el portón había esperado a Jarmila muchas veces. Estaba cerrado. Había estado cerrado siempre. El edificio presentaba su aspecto habitual. Ninguna bala había perforado un vidrio. Ninguna señal delataba que hubiera ocurrido algo insólito.

Edmund, tras un breve titubeo, decidió llamar al timbre. Apenas hubo tocado el botón, la puerta se abrió. Quiso salir corriendo pero fue tarde. Dos hombres lo agarraron y lo derribaron a puñetazos. El portón se cerró.

9

Josef Rada anduvo nueve días tratando de saber si su hijo estaba vivo.

Pese a que le previnieron de personarse en el cuartel general de la Gestapo, aquel hombre roto se dirigió, a los dos días y dos noches de esperar en vano el regreso de Edmund, a la casa del horror, en cuyos sótanos se torturaba a quienes recalaban en ellos. No recibió ningún tipo de información. Cuando volvió al día siguiente y repitió la pregunta, un SS le dijo que no tenía sentido insistir porque no se daban informaciones, y si se empeñaba en volver vería «lo que es bueno».

Rada acudió a los amigos y compañeros de su hijo cuyos nombres y direcciones fue averiguando. La mayoría se encontraban desaparecidos, en paradero desconocido. Los pocos que no lo estaban no tenían conocimiento de la desaparición de Edmund. Un informe oficial publicado por todos los periódicos comunicaba que el 17 de noviembre un gran número de estudiantes checos fueron ejecutados en los barracones de artillería de Ruzyně «por agitación revolucionaria». El informe no mencionaba que muchos estudiantes habían sido asesinados antes y después de esas ejecuciones. Los nombres de los ejecutados y asesinados se mantuvieron en secreto a fin de tener a los familiares de los estudiantes presos sometidos al terror.

Al cabo de nueve días, Rada comprendió que cualquier intento de saber algo acerca de su hijo era inútil.

En esos nueve días había hablado todavía menos de lo que acostumbraba. Había entrado en muchas casas; al entrar en cada casa había dicho: «No sé dónde está mi hijo». En ninguna de esas casas –prácticamente en todas se estaba de luto– había añadido gran cosa a esta frase. Tampoco había hablado mucho con Marie. Ella, que siempre había trabajado sin descanso, dejó de trabajar después de la desaparición de su hijo. Le preparaba a Rada el desayuno, y ponía un plato con jamón o embutido en la mesa por la noche, pero abandonó todas las labores. El piso, que durante décadas había estado arreglando y limpiando con gran esmero cada día, presentaba ahora un aspecto de dejadez. El polvo se pegaba a los muebles. En la mesa de la cocina se apilaban los platos sucios con restos de comida. Cuando por la noche, tras sus caminatas de barrio en barrio, Rada llegaba a casa, veía a Marie sentada en la sala sin moverse. Sus ojos ágiles y errantes, que antes siempre habían detectado el trabajo que no admite dilaciones, estaban rígidos y yertos. Miraban al vacío. Rada sabía lo que veían aquellos ojos. Sus propios ojos veían lo que veían los ojos de Marie. Las pequeñas y afiladas arrugas se habían agrandado y acentuado de la noche a la mañana, como tajos practicados por un cuchillo en sus antaño rosadas mejillas.

Cuando por la noche volvía, no se acostaba, sino que se sentaba con Marie. Ella no preguntaba dónde había estado ni qué había averiguado. Permanecía sentada en silencio. Sus manos deterioradas e inquietas, que durante décadas sólo habían descansado durante el sueño, descansaban ahora en su regazo. Rada miraba con desesperación aquellas manos deterioradas y quietas. No trataba de consolar a Marie, lo mismo que ella no trataba de consolarlo a él. No tenían nada que decirse. No querían decirse nada, porque sabían que cualquier palabra sólo podría incrementar el dolor. Hacia la medianoche Rada solía decir: «Tenemos que dormir». Entonces se acostaban en sus camas, apagaban la luz y esperaban poder conciliar el sueño. Una noche era Rada el que lograba dormir, otra era Marie. Pocas veces dormían al mismo tiempo. El que se dormía era envidiado por el otro. Porque el que dormía quedaba muerto al menos hasta el despertar.

A los nueve días, Rada dejó de ir a casas ajenas. Después de la oficina fue a su propia casa. Dijo a Marie:

–No tiene sentido.

Marie entendió lo que quería decir. Dijo:

–Siéntate, tienes que descansar.

Rada dijo:

–No estoy cansado, pero no tiene sentido. Comprendo que no tiene sentido.

Sin embargo, estaba tan cansado que apenas podía mover la mano. Atendía a su trabajo, calculaba y escribía de sol a sol sin sentir el cansancio, pero por la noche estaba tan agotado que le costaba llevarse un pedazo de pan a la boca.

Comenzó a hablar con Marie sobre Edmund. Expresó la sospecha de que había sido capturado mientras buscaba a Jarmila. Dijo que cabía la posibilidad de que estuviera preso en los sótanos de la sede de la Gestapo. También era posible que lo hubieran trasladado a Ruzyně. O que lo hubieran deportado a Alemania para recluirlo en un campo de concentración. Las palabras de Rada revelaban un gran conocimiento de causa. No dijo lo que le habían contado sobre los campos de concentración, pero se le escapó alguna frase que llenó de horror a Marie. No quería describirle las torturas a las que

Edmund podía verse expuesto; tenía la firme voluntad de evitar cualquier palabra capaz de alimentar la pena de la apenada; pero era cruel sin saberlo. De repente ya no podía callar. De repente sucumbió a la necesidad de decirle a Marie todo lo que le pasaba por la cabeza.

«Si aún está vivo...» Aquella frase, con la que tras cada pausa de conversación reanudaba su propia tortura, dejaba a Marie a punto de enloquecer. Pero no le pedía que la reprimiera. Que, de pronto, él se soltara a hablar acumulando tormento sobre tormento, era para ella preferible a su silencio. Sabía que ninguno de los dos habría soportado por más tiempo el mutismo y la consideración recíproca. Al cabo de unos días, el dolor que sentía al oír la consabida frase fue apagándose. Estaba ya tan embotada que no atribuía sentido a esas palabras.

Despertó de su aturdimiento. Pasó la mano derecha, como en sueños, sobre el tablero de la mesa cubierto de polvo. Fue a buscar un trapo y lo limpió. Fue a buscar la escoba y barrió la sala. Entró en la cocina y fregó los platos, los cuchillos, los tenedores y las cucharas. Cogió el balde y lavó el suelo. Comenzó a trabajar sin fatiga, como había hecho antes de la desaparición de Edmund. Trabajó más dura, más obstinadamente, que antes. El primer día, Rada no se dio cuenta. Pero cuando al día siguiente paseó la mirada por la sala, de nuevo meticulosamente pulcra y limpia, asintió con la cabeza hacia Marie y dijo:

—Así está bien. No debemos abandonar la esperanza.

A las tres semanas de la desaparición de Edmund, una noche fue a verlos un estudiante que había desaparecido con los demás.

Rada no lo conocía pero sabía que aquel joven tenía amistad con su hijo. Dos semanas atrás, Rada había visitado a los padres del estudiante. No supieron darle razón de su propio hijo. Sentado frente a Rada y Marie, el estudiante les contó que unas veces había dormido en el bosque y otras en una casa de campesinos. Dijo que quería intentar pasar la frontera y llegar a Francia, pero por el momento estaba tan fuertemente vigilada que un intento de fuga no prosperaría; esperaba que con el tiempo los alemanes no fuesen capaces de vigilar las fronteras con la misma intensidad.

Rada miró a los ojos de aquel joven y le preguntó:

—¿Tiene algo que comunicarme? ¿Qué ha ocurrido con Edmund? ¿No ha oído nada de él? Si usted ha venido para darnos una mala noticia, dígala. Estamos preparados para lo peor, no tiene que ser considerado con nosotros. Hable, hable de una vez, se lo ruego.

El joven meneó la cabeza:

–No, señor Rada, no sé dónde está; no sé más que usted. Volví a Praga ayer. Hoy he ido a muchas casas, pero nadie sabe dónde está Edmund. Esperaba que usted supiera algo. –Bajó la mirada y continuó–: A lo mejor se ha escondido en los bosques, como yo. Dicen que todavía son muchos los que están escondidos en los bosques. A lo mejor vuelve mañana o dentro de una semana, como también he vuelto yo.

Por el tono vacilante y forzado Rada notó que el joven no decía lo que pensaba. Se quedaron sentados otro rato y Marie deseó con fervor que el estudiante se marchara. No se veía con corazón para decir algo amable. Cuando por fin se hubo ido, dijo:

–Gracias a Dios que se ha ido. No soportaba verle la cara. Ya no puedo ver caras jóvenes.

Rada dijo:

–No hay que pensar así, Marie. Es un pecado. Debemos estar esperanzados. Quizá sea verdad que está en los bosques y vuelve.

Pero sabía que Edmund no volvería. Y también lo sabía Marie. No obstante, ambos seguían esperando a que, de pronto, llamara a la puerta. Cuando Marie oía golpear en la puerta o sonar el timbre, salía precipitadamente de la cocina para ver si Edmund estaba en el rellano. Cuando Rada venía de la oficina y llegaba a la puerta del piso, se detenía un instante para tranquilizar su corazón, pues contaba con la posibilidad de oír la voz de Edmund al franquear el umbral. Pero los dos sabían que era absurdo seguir aferrándose a aquella esperanza. Cada día temían que el cartero fuera a entregarles una urna, un puñado de cenizas. Cada día el cartero llevaba una urna, un puñado de cenizas, a alguna casa que temblaba por un preso, un desaparecido. La Gestapo no facilitaba información pero a los deudos de sus víctimas les enviaba una urna, un puñado de cenizas.

Rada estuvo varios días meditando en si pedir al jefe de sección Fobich que realizara pesquisas sobre el destino de Edmund. Si había una persona capaz de recibir información de la Gestapo, era Fobich. Pero precisamente por eso no podía decidirse a expresar ese ruego. Antes de que Edmund desapareciera, había despreciado al traidor de Fobich; ahora lo odiaba. Tras la desaparición de Edmund, Fobich había dicho al desesperado Rada:

—Lamento que tu hijo te haya causado esa pena. Pero no estés triste, seguramente lo soltarán pronto. Dentro de unas semanas volverá a estar contigo.

A partir de ese instante, sus conversaciones se limitaron a los asuntos de oficina. Rada no deseaba la compasión de Fobich, y se sentía como aliviado al constatar que el traidor despachaba con él ya sólo en términos estrictamente profesionales. Pero al cabo de otros varios días y noches que no aportaron rastro alguno, Rada se sobrepuso a la repugnancia y formuló su ruego. Pidió a Fobich que investigara el destino de su hijo desaparecido.

–Es un asunto delicado, esas preguntas están muy mal vistas –contestó Fobich–. Pero voy a tantear el terreno por el aprecio que me mereces.

A los pocos días llamó al expectante Rada a su despacho y le dijo:

–Lo lamento, Rada: no he sido capaz de conseguirte la información. Lo que ha sucedido y sucede con los estudiantes es secreto de la Gestapo; ese secreto no se revela. Ni a mí ni a nadie que no pertenezca a la Gestapo. No debes pensar que, debido a mi posición, gozo de su confianza. Más bien al contrario. Cuanto mayor es la responsabilidad de uno, con tanto más recelo es observado.

Después de estas palabras, Fobich se levantó, le puso la mano sobre el hombro y dijo en voz baja y con ese tono de confidencialidad que Rada temía y odiaba:

–Sin embargo, puedo darte otra noticia, más agradable. No sé si eres consciente de que por culpa de tu hijo has incurrido en cierto peligro. Ese peligro ahora está eliminado. Y es que los familiares de los estudiantes castigados también reciben su castigo, en mayor o menor grado. Desde la desaparición de tu hijo corrías peligro de ser despedido, como lo fueron muchos otros funcionarios cuya vida privada no gustaba a la Gestapo. No sólo he conseguido evitar tu despido, sino que también he logrado que conserves el puesto en mi sección. De esta manera, al menos tu futuro inmediato está asegurado. En lo que se refiere a tu hijo, no hay nada que hacer. Salvo seguir esperando a que un día regrese.

Tras esta conversación, Rada abandonó toda esperanza. Una semana más tarde, por la noche y camino de casa, vio de repente a Havelka a su lado.

—Tenemos noticias de los estudiantes —le dijo—. Acompáñeme a mi casa.

Seguidamente habló del tiempo y de un torneo de ajedrez en el que había participado dos años atrás. Se dirigían a Karlín. Rada calculó que les quedaban quince minutos de camino. No pudo esperar. Interrumpió a Havelka, apretó el brazo del que hablaba sin piedad de una partida de ajedrez y preguntó en voz baja:

—¿Está vivo?

Havelka asintió con la cabeza y contestó:

—Sí. Pero aún tengo que contarle los últimos movimientos de la partida de ajedrez. —Cuando entraron en la casa continuaba hablando de la partida. Abrió la puerta del piso, aguzó el oído y dijo—: No hay nadie. —Cerró la puerta y continuó—: Como le decía, está vivo. Y enseguida le informo de todo lo que sé.

Entraron en la sala. Rada se dejó caer en un sillón y clavó la mirada en Havelka, quien se detuvo con la cara hermética y sin decir palabra. La alegría que había inundado a Rada dio paso a un espanto indefinido. ¿Qué significaba aquel dilatado silencio? Havelka se acercó a un armario del que extrajo una botella de aguardiente y dos vasitos. Los llenó, se sentó y dijo:

–Beba. –Rada bebió mirando la boca de Havelka. Se abrió la puerta y apareció la mujer de éste–. Déjanos solos. –La mujer sonrió a Rada y se marchó–. Ya sabe lo principal: está vivo –dijo Havelka, cogió la botella y, mientras volvía a llenar los vasos, murmuró–: Caray, maldita historia. –Apuró el vaso. Rada no tocó el suyo. Al fin Havelka dijo–: Está en un campo de concentración. Dachau. Es grave, pero ahora al menos sabe que está vivo.

Rada buscó a tientas su vaso y se lo bebió de un trago. Había leído y oído mucho sobre Dachau. Había leído y oído que en Dachau mataban a latigazos a muchos judíos y comunistas. Pensó: ¿por qué lo han deportado a Dachau? No es judío ni comunista, ¿por qué lo han deportado a Dachau? Dijo:

–Cuéntemelo todo. Todo lo que sabe.

Havelka contestó que no tenía mucho más que decirle. Que gracias al azar había sido posible sacar de contrabando la lista de todos los checos deportados a los campos de Dachau y Buchenwald. Que se sabían los nombres pero nada más. Que a los presos de los campos de concentración se les permitía escribir de cuando en cuando un par de líneas a los suyos. Que por eso podía suponerse que también Edmund escribiría próximamente.

Rada escuchaba inmóvil. Hizo esfuerzos por absorber cada palabra; pero oía mal, percibía un zumbido en los oídos y otro en el aire quieto, como si alguien descargara un látigo. Pensó: ¿Y si lo matan a latigazos? Afinó el oído: el zumbido ya no se percibía. Havelka había enmudecido.

–Se lo agradezco –dijo Rada, estrechó la mano de Havelka e iba a levantarse.

–Quédese –dijo Havelka–, hay otra cosa que tengo que decirle.

Rada estaba aterrorizado.

–No se asuste –dijo Havelka–, no es nada grave. Ayer hablamos de usted. Novák le manda decir que la sección III ya no tiene especial importancia para nuestra lucha clandestina, porque la guerra en Polonia ha terminado. La sección III volverá a ser importante en cuanto la guerra se reavive. Pero es poco probable que eso suceda en invierno. Así que por el momento sería insensato que usted pusiera en peligro su vida y la de su hijo por ayudarnos. Novák le manda esta información para que sepa cómo están las cosas.

10

A principios de diciembre llegó una carta de Edmund procedente del campo de concentración de Dachau. Decía que estaba sano, nada más; era la obligatoria frase estándar de las misivas que se enviaban desde los campos de concentración. Rada sintió un gran alivio tras recibir la carta.

–¿Verdad que también te alegras? –le preguntó a Marie, extrañamente apática, febrilmente activa y agitada.

–Sí, pero... –contestó, y se quedó en silencio. Al día siguiente, el pensamiento de Rada empalmó con ese «sí, pero» de Marie. Dijo:

–La carta ha tardado tres semanas en llegar.

Marie asintió con gesto apagado. ¿Quién sabía lo que podía haber sucedido en Dachau desde la expedición de la carta?

Dos días después llegó, de un campo de concentración en el norte de Alemania, una carta de Jarmila dirigida a Edmund. Rada y Marie le enviaron a Edmund un breve mensaje. La carta de Jarmila se la mandaron por separado. Al mismo tiempo, Rada comunicó a la muchacha que Edmund estaba en el campo de Dachau.

Corría el rumor de que los estudiantes más jóvenes, aquellos que aún no habían superado la edad de veinte años, serían puestos en libertad próximamente. Las esperanzas de Rada se aferraron a ese rumor. Después de Año Nuevo llegó otra carta de Jarmila dirigida a Edmund. Tal vez no había recibido la de Rada. También era posible que la mandara deliberadamente a Praga, pues a los reclusos de los campos de concentración les estaba prohibido mantener correspondencia con otros presos.

Rada y Marie se pusieron a la espera. Como Jarmila había vuelto a escribir, tenía que llegar también una segunda carta de Edmund. Pero no llegaba. Rada volvió a escribir; preguntaba a Edmund por qué no había escrito más. No tuvo respuesta. Tampoco Jarmila volvió escribir. Pero al cabo de un mes, el 3 de febrero, mientras Rada y Marie estaban en la sobremesa de la cena, sonó el timbre, y cuando Marie fue a abrir se encontró con Jarmila de frente.

Su cara había perdido su impronta de audacia. Sus ojos parecían huidizos y sin brillo. Siempre había tenido ojos radiantes, audaces; quizá eran únicamente los ojos los que otorgaban a su rostro aquella expresión audaz, porque en realidad se trataba de una suave y nada insólita cara de muchacha. Marie la cogió de la mano y la llevó, como se suele llevar a una criatura o una ciega, a la sala.

Rada se levantó de un salto y se quedó mirándola fijamente. Ella corrió hacia él y le dio un abrazo. Nunca había tenido la sensación de que los padres de Edmund le hubieran tomado cariño. A menudo le había dicho a Edmund: «A tus padres no les gusta verme, están celosos».

Ahora, al abrazarlo, Rada se conmovió como un padre y no pensó en su hijo.

–Siéntate –dijo–; Marie, trae algo de comer.

Pero Jarmila no quería comer. Sólo quería dormir, descansar. No contó nada, dejó que le contaran. Marie la llevó al cuarto de Edmund. Jarmila se acostó en su cama. Marie salió del cuarto y cerró la puerta con cuidado.

Rada pensaba en los ojos radiantes, audaces, que Jarmila tenía antes de su deportación. Luego dejó de pensar en la muchacha para pensar en Edmund. Dijo:

–Quizás a él también lo suelten. No es mayor que ella. Si sueltan a todos los que tienen diecinueve años, también lo soltarán a él.

Decidieron que Jarmila debía quedarse en su casa. No tenía madre ni parientes en Praga. Su padre estaba en el extranjero. La residencia de estudiantes había sido precintada. Ya no había residencia de estudiantes checa. Ya no había universidad checa. Después del 28 de octubre, todas las universidades checas fueron clausuradas por los alemanes.

Por la noche Jarmila gritó. Gritaba como una persona que descubre la mirada resoluta de un asesino.

–Ve a verla –dijo Rada–, tranquilízala. Quédate con ella si tiene miedo.

Marie fue a verla. Jarmila dormía. Había gritado en sueños. Marie salió del cuarto sin hacer ruido, volvió a la cama y dijo:

–Está durmiendo.

Al día siguiente, la muchacha visitó a un amigo de su padre. Encontró una carta suya. Estaba en Francia. Estaba bien. Fue un mensaje alentador.

Sólo durmió una noche más en casa de Rada. La Gestapo no le permitió prolongar su estancia en Praga más allá de aquellas cuarenta y ocho horas. Recibió órdenes de trabajar en una finca cerca de la capital. Antes de despedirse le dijo a Rada:

–Volverá y estará más fuerte que antes. Quien sobrevive a aquello está a prueba de todo.

Tenía un aspecto miserable, pero sus ojos reflejaban en aquel instante la audacia y la determinación de antaño.

Después de que se hubiera ido, Marie dijo:

—Es mejor así. Yo no hubiera soportado verla siempre. Me hubiera vuelto loca.

Rada no contestó. Seguía oyendo los gritos que Jarmila había lanzado en sueños. Siguió oyéndolos durante días y noches. No lograba olvidarlos. Le parecía oír los gritos de Edmund.

11

Pasaba el invierno y no llegaba carta de Edmund. Rada visitaba a los familiares de muchos estudiantes presos en los campos de concentración. En casi todas las casas que visitaba le enseñaban la última carta escrita por el hijo de la familia. Casi todos los estudiantes escribían a intervalos regulares. En dos casas reinaba el miedo porque los hijos no habían escrito. En una reinaba el luto porque los padres habían sabido que su hijo había sido ejecutado. En otra reinaba la alegría porque el hijo había regresado del campo.

—No sé por qué no recibo carta de mi hijo –decía Rada en todas partes donde esperaba saber algo de él. Y en todas partes le consolaban diciendo: «A lo mejor está enfermo».

Era un mal consuelo, pero Rada no lo rechazaba. Quizá Edmund había contraído una enfermedad grave que le impedía escribir pero que no lo mataba. Quizá se disponía justo en ese momento a escribir la primera carta a casa tras una grave enfermedad. Quizá era sólo una lesión de la mano la que le hacía imposible la escritura. Un médico al que consultó le explicó que había lesiones del brazo y de la mano que, sin ser de naturaleza grave, podían inhabilitarle a uno durante meses para el manejo de la pluma y el lápiz. Ese consuelo, esa esperanza, tampoco los repudió Rada; los aceptó ávidamente y se aferró a ellos. Pero sabía que se trataba de un falso consuelo, de una falsa esperanza. Lo sabía pero no lo admitía ante sí mismo. Llevaba diecinueve años viviendo únicamente para su hijo y no sabía que su vida se acabaría cuando se acabara la de su hijo.

¿Era Marie más fuerte? Cumplía sus obligaciones de ama de casa con rigor meticuloso. No toleraba que una mota de polvo se pegara a los muebles. El suelo de la cocina y de las dos habitaciones siempre estaba pulido y reluciente. Las jarras, los platos, los cubiertos, refulgían y resplandecían, como si una mano infatigable porfiara sin tregua en sacarles brillo. Con todo, no daba en absoluto la sensación de que buscara consuelo y salvación en un afán de trabajo exagerado. Cuando Rada llegaba a casa se la encontraba a menudo leyendo un libro o el periódico en la sala limpia y pulida. Cuando le contaba que había estado en casas ajenas tratando de averiguar si alguien había escrito del campo de Dachau, ella hacía un ademán de rechazo y decía: «Es inútil. ¿O crees que jamás dejarían que alguien mandara noticias de él? Es absolutamente imposible». Una noche de domingo dijo:

–Ven, vamos al cine.

No habían ido desde la desaparición de Edmund.

–¿Al cine? –preguntó Rada con asombro.

–Sí –dijo ella–, para distraernos. Para despejarnos. –Vieron una película divertida. En cierto momento las bromas de un cómico hicieron reír a Marie como en los viejos tiempos. Después del cine dijo–: ¿Volvemos el domingo que viene? Me despeja el ánimo. También te lo despejará a ti.

Un domingo de marzo vino Jarmila. Tenía buena cara, las mejillas ya no estaban chupadas y sus ojos parecían bruñidos y audaces. Contó que trabajaba duro pero que podía con cuanto le exigían. Dijo también que en adelante tendría permiso para pasar algún domingo en Praga.

–Así mi vida vuelve a cobrar sentido –explicó–, pues aquí podré establecer relaciones. –Marie la miró de través. Jarmila captó la mirada y preguntó–: ¿Me tiene usted manía? Si no le gusta verme, puedo dejar de venir. Yo lo sentiría infinitamente.

Marie no contestó. Pero Rada dijo:

–Tienes que seguir viniendo, Jarmila. Nos hemos vuelto raros desde lo ocurrido. Quizá no lo puedas entender porque eres joven. Siendo joven a uno le es más fácil sobreponerse a las cosas.

Jarmila dijo:

–Es posible. –A continuación se dirigió a Marie–: ¿Pero por qué me mira de esa manera? ¿Por qué me tiene manía? Dígalo con franqueza, se lo ruego. Es importante para mí.

Marie se debatía consigo misma. Por fin decidió hablar:

–Relaciones… ¿Qué clase de relaciones?

–Pero Marie –dijo Rada–, ¿cómo puedes…?

Jarmila lo interrumpió:

–No se enfade, por favor. Tengo que explicarlo. –Se volvió hacia Marie y dijo–: Tengo que establecer relaciones porque quiero luchar. Quiero hacer algo. Quiero hacer daño a los nazis; donde pueda y como pueda. No hay que estar de brazos cruzados mirando cómo nos lo quitan todo, el trigo y lo demás. No podemos impedirlo pero se lo podemos poner difícil. Podemos mostrarles que todavía les falta mucho para vencernos.

Marie extendió el brazo y dijo:

–Si yo misma no me entiendo. –Le cogió la mano y prosiguió–: En los últimos meses siempre he pensado: ¿Por qué han puesto en libertad a otros y no a él? –Soltó la mano de la muchacha y añadió en voz baja–: Perdóname.

Jarmila dijo:

–Me lo imaginaba. No acabo de entenderlo pero estoy contenta de que me hable en estos términos. Se lo agradezco. Habría sido feo tener que dejar de visitarles.

Después de que se hubiera marchado, Rada dijo:

–Le tengo cariño.

Marie dijo:

–Ojalá no le pase nada.

Rada dijo:

–No tiene miedo. Es valiente. –Estaba muy agitado. Se levantó y caminó de un lado a otro de la sala. Dijo–: Mis circunstancias son peores que las de los demás. No tengo espacio de maniobra.

Marie dijo:

–Hace tres meses y medio que escribió. Dentro de un año sabremos más.

–¿Y si para entonces no sabemos más que hoy?

–Si dentro de un año no sabemos más que hoy, lo sabemos todo.

A finales de junio, Jarmila volvió.

–La cosa pinta mal –dijo.

Estaba muy deprimida. Hablaron de las grandes victorias de Hitler, del descalabro de Francia. Jarmila no sabía si su padre había logrado huir de Francia.

Cuando se despidieron, Rada dijo:

–Han pasado siete meses. No tenemos carta desde el 2 de diciembre.

Cuando Jarmila volvió en julio, había fotografías de Edmund sobre la cómoda de la sala. Una de ellas era un retrato de familia tomado hacía dieciséis años; se veía a los padres sentados en sillones de ratán y a Edmund en medio, de pie y con traje de marinerito. Otra fotografía lo mostraba a los once años. Tenía los ojos serios y preocupados de su padre. Otra lo mostraba después del examen de bachillerato. Tenía el mismo aspecto que en el momento de su desaparición. Jarmila contemplaba las fotografías. Marie le preguntó:

—¿No tienes ninguna foto suya?

Jarmila contestó que no.

—Pero no olvido su aspecto.

Marie miró a su marido y dijo:

—Vamos a darle una foto. ¿Te parece bien?

Rada dijo:

—Sí. Le corresponde.

Marie dijo:

—¿Pero cuál? Seguro que la que más le gusta es ésta.

Tocó la fotografía que mostraba a Edmund a la edad de dieciocho años.

Jarmila dijo:

—No, no la quiero. No la necesito. —Marie puso ojos como platos—. Sé qué aspecto tiene —explicó—, todavía lo veo como si lo hubiera visto ayer. No la quiero. Prefiero coger uno de sus libros, si puedo.

–Marie y Rada la llevaron a la habitación de Edmund–. Me llevo éste –dijo extendiendo la mano hacia uno de los libros–, lo leímos juntos.

Contó que su padre había conseguido escapar de Marsella y llegar a América.

–Qué bien –dijo Rada.

Jarmila miró sus ojos serios de azul agrisado, que se encendieron y se apagaron. Luego miró los ojos ágiles y erráticos de Marie y dijo:

–A lo mejor también Edmund está en América o en Inglaterra. Los hay que logran fugarse del campo de concentración. Conozco varios casos.

Los ojos de Marie adoptaron una rigidez vidriosa.

–No digas esas cosas, Jarmila. No hay que acariciar semejantes sueños.

Después de aquella visita, Jarmila no se dejó ver en mucho tiempo. En otoño escribió que trabajaba en una fábrica de Moravia. No fue hasta marzo de 1941 cuando pudo volver a Praga para contarles que ya no vivía en la granja cercana a la capital.

En agosto había logrado algo. Había prendido fuego a dos graneros llenos de cereal birlándoles de esa manera el botín a los nazis, que se habían apropiado del total de la cosecha. La autora del incendio no fue descubierta. Aquellos siniestros desconcertaron a los alemanes. También los desconcertó la magra cosecha. Y los desconcertó el hecho de que las vacas diesen cantidades de leche notablemente bajas. Los animales hacían sabotaje. Los campos y los prados, otro tanto. El responsable alemán puesto por los nazis fue llevado a juicio. A los criados los cambiaron de lugar de trabajo. A Jarmila la metieron en una fábrica. Era un traslado punitivo, pero lo aceptó con resignación. Contaba con la eventualidad de ser ahorcada.

Era la época del régimen «manso». Sólo se ahorcaba a los saboteadores que eran atrapados in fraganti. Pero que alguien fuera cogido con las manos en la masa ocurría rara vez. El pueblo estaba paralizado. Cualquier resistencia parecía condenada al fracaso. ¿Qué podía conseguir la lucha clandestina cuando Europa se había sometido al vencedor y únicamente Inglaterra seguía combatiendo? Inglaterra sola no podía ayudar a los pueblos vencidos y oprimidos de Europa. El barón Neurath decía: «Pueblo checo, soy tu protector, quiero ayudarte. Sométete y te ayudaré. Abandona tu resistencia y te prestaré ayuda».

Casi apagada, y próxima a la desesperación, la voz de la resistencia susurraba: «¡Aguantad!».

El pueblo la escuchó.

12

A últimos de la primavera, la sección III cambió radicalmente todos los horarios. Cada día rodaban en dirección a Polonia trenes cargados de armas y municiones. ¿Hacían falta aquellas ingentes cantidades de material bélico para gobernar los territorios ocupados de Polonia? Cada día rodaban en dirección a Polonia trenes cargados de soldados alemanes. ¿Hacían falta aquellos regimientos, brigadas y divisiones para vencer a los polacos vencidos? No había noticias de una sublevación polaca. Los polacos que se habían opuesto a la invasión alemana estaban unos muertos y otros presos. Muchos colgaban de los árboles que bordeaban las carreteras del país, en las plazas de sus ciudades o frente a las casas de sus pueblos. Muchos colgaban desde el otoño de 1939, y nadie cortó las sogas de los cadáveres. Los alemanes dejaron que siguieran colgados para prevenir a la parte de la población polaca aún no ahorcada contra cualesquiera desmanes alocados.

El 22 de junio se conoció por fin la razón de aquellos transportes.

El jefe de sección Fobich convocó a todos los empleados y funcionarios de la sección III para pronunciar un discurso. Acostumbraba a dirigirse a los subalternos en un lenguaje muy cortés. En su discurso del 23 de junio empleó un tono duro. Dijo: «Caballeros, la guerra contra los bolcheviques comenzó ayer. El Führer ha decidido poner fin al peligro bolchevique. La guerra rusa es, en primer lugar, un problema de transporte. La sección III es corresponsable de solucionar este problema de forma cabal y contundente. El transporte de armas y efectivos hasta el frente del Este tiene que llevarse a cabo con ejemplar velocidad y ausencia de fricciones. Les ruego que tomen nota de que cada empleado y funcionario responderá de la gestión impecable de las comunicaciones en el marco que le compete. Quien cometa sabotaje será fusilado o ahorcado. Estoy convencido de que en mi sección no hay saboteadores. ¡Caballeros, no defrauden mis expectativas ni mi confianza!».

Tras esta introducción, disertó sobre cuestiones técnicas.

Los empleados y funcionarios checos no habían olvidado el discurso del representante del Gobierno alemán que Fobich había traducido y adulterado poco después del 15 de marzo de 1939. Entonces, el alemán había amenazado a los saboteadores con la pena de muerte, amenaza que Fobich, el traductor, había suprimido; hoy amenazaba por iniciativa propia. De acuerdo, pensaron los empleados y funcionarios checos.

El pueblo checo se regocijaba en silencio. Decía: Hitler ha incurrido en un gran disparate que le quebrará el espinazo.

El barón Neurath se sobresaltó cuando, en julio, le notificaron que la producción de armas y municiones de las fábricas bohemias y moravas había caído en un treinta por ciento a lo largo de las últimas cuatro semanas. Se sobresaltó todavía más cuando, un mes después, le comunicaron que en agosto la producción había bajado en un cuarenta por ciento. En el teatro de guerra ruso se observó que muchos obuses alemanes eran ineficaces y muchas piezas de artillería, inservibles. Eran numerosas las bombas que no explotaban. Se constató que esos obuses, bombas y piezas de artillería habían salido de la empresa Škoda de Pilsen, de la fábrica de armas de Brno y de la metalurgia Poldi de Kladno. Una comisión integrada por veintidós ingenieros y oficiales del Estado Mayor alemán fueron a inspeccionar la empresa Škoda de Pilsen. Durante su visita se desprendió de una grúa una caldera llena de plomo fundido sobre los inspectores. Catorce oficiales e ingenieros murieron quemados por la masa hirviente y el resto sufrió graves lesiones. Vacek, el obrero checo que soltó la caldera, se tiró de lo alto de la grúa, estrellándose de cabeza en el suelo.

En cada fábrica y cada taller había un Vacek dispuesto a sacrificar su vida.

Los ferroviarios también comenzaron a moverse. Un tren repleto de municiones, despachado reglamentariamente y esperado a la hora fijada en la estación fronteriza morava rumbo al teatro de guerra ruso, desapareció de forma misteriosa. La Gestapo realizó largas e infructuosas pesquisas en pos del desaparecido «tren fantasma». Tardó varias semanas en localizarlo en la vía muerta de una pequeña estación, situada en una línea secundaria ajena al tráfico de convoyes militares. Los talleres de reparación de locomotoras se encontraron con un notable incremento de actividad.

Los trabajadores agrícolas también empezaron a moverse. En cada distrito de Bohemia y Moravia estallaron incendios en los graneros que destruyeron el cereal requisado por los alemanes para llevar al Reich.

Hitler destituyó al barón Neurath. Lo reemplazó el jefe superior de grupo de las SS y general de la policía Heydrich.

El pueblo checo ignoraba el nombre de Heydrich y decía: «El viejo *Protector* no pudo con nosotros; el nuevo tampoco podrá».

Había apenas un centenar de checos que conocían el nombre de Heydrich. Todos los que lo conocían quedaron con el corazón en un puño.

Heydrich llegó y se dirigió al Hradčany. Era un hombre joven, alto, esbelto y rubio. Los checos que nunca habían oído su nombre se asustaron al ver su sonrisa. Era la sonrisa de un asesino perverso inclinándose sobre su víctima.

Sonrió cuando recibió al viejo y tembloroso «presidente de la nación» y a los miembros del «Gobierno» checo. Sonriente, el nuevo amo les impartió sus órdenes. Sonriente, les dijo que pondría orden en Bohemia y Moravia. Sonriente, se sentó ante el escritorio del gran filántropo Masaryk y leyó los informes.

Sólo leyó por encima los informes de la Gestapo relativos a actos de sabotaje y conatos de resistencia de la población checa. Escuchó sin mucha atención los relatos orales de sus agentes y oficiales. Sabía lo que tenía que hacer; no importaba quiénes fuesen los culpables. Lo único que importaba era el método que pensaba aplicar. Estaba convencido de que con su método doblegaría al pueblo checo.

En los tres primeros días tras su llegada hizo ejecutar a ciento doce checos y judíos. A partir de ahí no pasó un solo día sin ejecuciones. Sobre el escritorio de Heydrich había listas y nomenclátores. Sacaba de entre éstos el nombre de un pueblo o una ciudad y ordenaba llevar a juicio a todos los enemigos del Tercer Reich que residiesen en ellos. El que era llevado a juicio era condenado a muerte. El que era condenado a muerte era ejecutado en un lapso de veinticuatro horas. En la segunda semana, Heydrich estableció un programa semanal. Era tan breve como un menú que sólo prevé un plato por día. Rezaba así:

Domingo: saboteadores.
Lunes: carniceros.
Martes: oyentes de radio.
Miércoles: tenedores de armas.
Jueves: propagadores de infundios.
Viernes: conspiradores.
Sábado: espías.

Aquel domingo fueron ejecutados en Praga cuarenta y siete obreros checos acusados de sabotaje por la Gestapo. El lunes fueron ejecutados quince carniceros checos acusados de haber sacrificado sin autorización cerdos y vacas. El martes fueron ejecutados cuatro hombres y mujeres acusados de haber escuchado las noticias de la radio londinense. El miércoles fueron ajusticiados nueve antiguos oficiales checos imputados de tenencia de armas. El jueves sufrieron pena de muerte cinco checos y cinco judíos acusados de propagar infundios. El viernes llevaron a la horca a veintisiete checos inculpados de preparativos de atentado contra el Tercer Reich. El sábado les tocó el turno a trece checos y cinco judíos acusados de espionaje.

La semana siguiente, treinta y siete ferroviarios imputados de haber retrasado la salida de trenes militares en varias estaciones fueron llevados al patíbulo.

El sábado de aquella semana, Fobich se presentó en la oficina a las ocho y media de la mañana, hora insólitamente temprana, porque sabía que la señorita Puhl no solía llegar antes de las nueve. Entró en el cuarto de Rada, se sentó y dijo:

—Tengo que hablar contigo, Rada. Como tú no eres de este mundo, tal vez no sabes lo que está pasando. La sección III es una base de operaciones militares. Está plagada de agentes de la Gestapo, de oficiales y de funcionarios alemanes. Los funcionarios checos son vigilados por los funcionarios alemanes. Los funcionarios checos y alemanes son vigilados por los oficiales. Los funcionarios checos y alemanes y los oficiales son vigilados por los agentes de la Gestapo. Yo no puedo impedir que en algún trayecto o alguna estación ocurra una desgracia. Es terriblemente difícil impedirla, pero lo tengo que intentar. Para eso necesito tu ayuda. No puedo fiarme de ningún otro funcionario checo; los creo a todos capaces de cualquier acto de sabotaje. Y tampoco puedo fiarme de ningún funcionario alemán, porque sé que cualquier alemán me tenderá una trampa en cuanto se le presente la ocasión. Si caigo en una trampa, soy hombre muerto. De ti puedo fiarme. Eres mi amigo. Y eres un profesional solvente. ¿Recuerdas la conversación que tuvimos antes de tu traslado a la sección III? Te oponías a ese traslado. Decías que te costaría familiarizarte con las tareas de la sección. ¿Y qué ha sucedido? Fuiste un buen profesional en tarifas y ahora eres un buen profesional en la III. Tus temores eran infundados. A partir de hoy, Rada, no sólo calcularás los horarios de salida de los trenes intercalados. En tu mano convergerán los hilos de todos los transportes de armas y de tropas. No puedo gestar solo el control del tráfico completo; lo haremos juntos. Ni que decir tiene que yo asumo la responsabilidad. No te endoso responsabilidades nuevas, pero me fío de tu escrupulosidad.

Calló y volvió la cabeza hacia la ventana, como si acabara de distraerlo el paso de una nube. Sin embargo, mientras elevaba la mirada al cielo, no perdió detalle de lo que ocurría en la cara de Rada.

Era una cara seria, quieta, hermética, la cara de un hombre viejo.

En aquel instante Fobich notó que últimamente Rada había envejecido muchos años.

–¿Estás dispuesto a hacerte cargo de este trabajo adicional? –preguntó Fobich, despegando la mirada de la nube y enfocando de nuevo a Rada, que seguía en silencio.

–Sí –dijo Rada.

Fobich quedó sorprendido.

–¡Bravo! –dijo sonriente–. Para serte sincero, pensaba que volverías a oponerte. Pensaba que me dirías: No me siento a la altura de una tarea así. Así que me alegro mucho de que no lo hayas dicho.

Esperaba una réplica. Pero Rada no dijo nada más.

–Eres un hombre extraño –manifestó Fobich consultando su reloj–. Ah, tengo que decir otra cosa: por lo pronto no puedo prometerte un nuevo ascenso, aunque te lo mereces. Por tanto, tendrás que hacer el trabajo adicional sin ascenso y sin aumento salarial. Lo siento.

Creyó que Rada contestaría con un ademán de rechazo. Pero Rada no se movió.

–Me gustaría hacer algo por ti –dijo Fobich–. Me gustaría demostrarte que yo…

Se puso de pie, fue hasta la ventana, volvió sobre sus pasos y se sentó.

–Voy a intentar una cosa –dijo–. Como sabes, de vez en cuando tengo que viajar a Berlín por razones de servicio. Podría intentar… Tal vez en Berlín sea más fácil averiguar algo sobre tu hijo.

Rada no se movió.

—¿Qué te parece? —preguntó Fobich—. ¿Quieres que lo intente? Trataría de averiguar, de forma muy prudente y con la mayor habilidad posible, si tu hijo está en un campo de concentración y qué es lo que en realidad le sucede.

La cara de Rada se contrajo como atacado por una repentina convulsión. Se contraía como si quisiera reprimir un dolor súbito e intenso. Pero al instante aquella cara recuperó su aspecto calmado y hermético.

—Te lo agradezco mucho —dijo—. Pero no te dirán nada. Y si te dicen algo… no me lo dirás.

Se quedó mirando a Fobich con un gesto de censura tan severa que aquel hombre de mundo no fue capaz de pronunciar alguna palabra de tibio consuelo. Ocurría algo insólito: Fobich parecía desconcertado. Dijo con voz de pesadumbre:

—No puedo imaginarme que… Bien, vamos a dejarlo para otro momento.

Rada se levantó. Se levantaba como un hombre deseoso de despedir a una visita pesada.

Fobich, con el ceño fruncido, volvió a su despacho.

13

Al final de ese día, Rada no se marchó a casa. Desde junio solía trabajar hasta las siete o las ocho, o incluso hasta más tarde, siempre según las necesidades del servicio, para luego encaminarse a casa sin mirar a derecha ni izquierda. Aquel día tuvo mucho más trabajo que de costumbre. Media hora después de la reunión matinal se encargó de una parte de las tareas que iría a atender en adelante, tareas que requerían una extraordinaria capacidad de rendimiento. Así y todo dejó de trabajar a las seis, guardó bajo llave los expedientes en los cajones de su mesa y salió del Ministerio.

Se detuvo cerca del edificio y miró hacia la puerta del inmueble de oficinas contiguo, que había sido su lugar de trabajo durante siete años. Permaneció al acecho de Havelka. Eran pocos los empleados y funcionarios que abandonaban aquella casa. En los viejos tiempos las puertas de los edificios públicos despedían, a las seis de la tarde, un enorme reguero humano; cada empleado, cada funcionario, dejaba de trabajar a esa hora para salir, a paso veloz, a la calle. Ahora la mayoría de las secciones continuaban trabajando después de las seis; el poco movimiento en las puertas así lo delataba.

Rada no sabía si la sección de tarifas alargaba el horario. No la había visitado nunca durante aquel año, no había tenido relación con ella. Hacía muchos meses que no veía ni a Havelka ni a ningún otro funcionario de aquella área. Esperaba que en alguna ocasión Havelka fuera a verlo o volviera a aguardarlo en la calle, como había hecho la última vez poco después de la desaparición de Edmund, pero su colega, al parecer dominado y dirigido en cada uno de sus pasos por la organización de lucha clandestina, no había reaparecido. Rada suponía que Havelka y Novák lo acusaban de tibieza por no haber manifestado voluntad de participar en su lucha. Quizá pensaban que, estando como estaba en la sección III, había tenido tiempo ya más que suficiente para encontrar alguna ocasión de ser útil a la comunidad de militantes, pese a que la división de trabajo implantada en la sección, consistente en un sistema de numerosas y sofisticadas medidas de precaución, dificultaba cualquier intento de sabotaje. Pero no había sido esa dificultad la razón de su comportamiento pasivo; no era una dificultad insuperable, puesto que, al igual que cualquier obrero valiente de una fábrica de aviones era capaz de causar grandes destrozos y de perjudicar a la aviación alemana, aun ignorando los secretos de la construcción aeronáutica, también Rada habría podido intervenir con afán destructor y lesivo en el misterioso aparato de la sección III, siempre que hubiese tenido un móvil lo suficientemente fuerte para llevar a cabo tal obra subversiva.

A ese móvil se oponía, sin embargo, el abrumador estado de conmoción que lo paralizaba. Tras esperar larga y vanamente noticias de Edmund o sobre la situación de éste, ya no podía caberle duda alguna de que el desaparecido había muerto. No obstante, aferrado a la esperanza contraria, creyó tener que renunciar a toda vida propia por mor de su hijo. Se decía una y otra vez a sí mismo: Si está vivo, se me ejecutará en cuanto sea acusado de la más mínima falta. Mientras pueda conservar la esperanza, aunque tal vez desquiciada, de su retorno, tengo que vivir como si no me movieran el odio ni el deseo de venganza; como si no fuera un ser humano, sino un escarabajo que se oculta entre cenizas y escombros para que no lo descubran. Era fiel a ese propósito aunque observaba que otros padres participaban en la lucha clandestina sin reparar en sus hijos y sus esposas. Se decía a sí mismo que éstos eran héroes. Que él no lo era. Que él era un padre que deseaba reencontrarse con su hijo, y nada más.

Tras dos años de letargo animal, había despertado de su apatía como si hubiera recibido un mensaje de Edmund. Después de la llegada de Heydrich y el comienzo del terror, Edmund dejó de paralizar la voluntad de vivir de Rada. Día a día se ejecutaba a numerosas personas, militantes que sacrificaban sus vidas para acelerar el fin de la tiranía, a sus mujeres e hijos y a muchos otros inocentes. Rada leía a diario los nombres de las víctimas. Mientras leía esos nombres, conocidos algunos, otros desconocidos para él, sentía la cercanía de Edmund. Percibía una voz amonestadora. Era la voz, mansa y modesta, de Edmund la que lo amonestaba. Decía: No cumples con tu deber, papá. ¿Por qué no lo haces? Mal me quieres si incumples con tu deber.

Aquella amonestación lo perseguía en la vigilia y en el sueño. Lentamente y con torpeza fue comprendiendo que el milagro que llevaba esperando desde la desaparición de Edmund se había producido. Edmund había vuelto, su voz se había hecho de nuevo audible. No revelaba si pertenecía a un vivo o a un muerto, pero revelaba mucho más: no importaba que fuese la voz de un vivo o un muerto. No importaba que Edmund siguiera con vida o no.

Con fuerza pasmosa, penetrándolo como un cuchillo, el descubrimiento se clavó en su mente embargándolo por completo. Entonces reconoció su deber. Era un deber que no podía compararse con los deberes con los que había cargado durante décadas. Había vivido en la creencia de que sus máximos deberes consistían en velar por el bienestar de su familia y en desempeñar de forma escrupulosa su profesión. El cumplimiento de esos deberes había constituido el eje y la razón de su vida. Ahora comprendía que tales deberes, que habían supuesto para él una carga gravosa y querida, no podían seguir siendo la esencia de su existencia. Debía tirarlos por la borda para asumir un deber más duro. No podía seguir contemplando cómo otros se sacrificaban mientras él, por consideración a Edmund, rehuía cualquier sacrificio. Edmund no quería esa consideración, la despreciaba. Era despreciable si estaba muerto; y también era despreciable si estaba vivo. Los ejecutados cuyos nombres Rada leía cada día en el periódico se lo decían a gritos. Se lo decían con la voz de Edmund, todos ellos eran Edmund. Algunos de los que figuraban en las listas de los ejecutados incluso tenían su nombre, y al leerlo Rada sentía un escalofrío indecible; pero también todo Antonín, Josef o Vladimír, y no sólo todo hombre sino también toda mujer que aparecía en las listas, eran Edmund; y cada uno de ellos amonestaba al estremecido Rada con la voz de su hijo: ¡Cumple con tu deber!

Durante los últimos días, los sangrientos días del genocidio que comenzaron con la llegada de Heydrich, Rada, como siempre, había cumplido con el deber inherente a su función. Había calculado los horarios de los trenes intercalados en las vías principales y algunas de la red secundaria. Había ido reflexionando lenta y torpemente sobre la posibilidad de cumplir con el deber al que se sentía llamado y la forma de materializarla. Había llegado a la conclusión de que primero tendría que indagar en los secretos de la sección. Había decidido intervenir a la fuerza y con astucia en su aparato misterioso. Había decidido averiguar qué trenes eran aquéllos cuyos horarios él establecía. Era importante saber qué convoyes transportaban material bélico, cuáles trasladaban a soldados al frente y cuáles sólo servían para el tráfico de mercancías de uso civil. Había pensado en la necesidad de arrancar aquellos secretos al escritorio de su jefe.

Cada tarde, después de que Fobich y la señorita Puhl abandonaran las oficinas, acechaba, mirando hacia todos lados, aquel escritorio. Y cada tarde resultaba imposible dar inicio a la búsqueda. En una ocasión, el teniente Betghe, al que había conocido en casa de Fobich dos años atrás, entró de improviso en el despacho; en otra, un funcionario alemán, espía de la Gestapo, abrió con sigilo la puerta y se esfumó en el acto; algunas veces fue una mujer la que se presentó para limpiar el suelo o las ventanas; presumiblemente, también ella estaba al servicio de la Gestapo. Esas tardes, Rada todavía no esperaba alcanzar su objetivo. Sólo quería probar si, por casualidad, una de sus llaves abría el escritorio de Fobich, cosa altamente improbable. Se había propuesto acudir a Havelka o Novák después de comprobar el resultado de ese intento a fin de pedirles consejo e instrucciones. Porque, si para abrir el escritorio se precisaban herramientas complejas, él no estaba en condiciones de ponerse manos a la obra sin ayuda ajena. Era un hombre poco práctico, poco habilidoso. No hacía mucho que hubiera preferido morir antes que hacerse a la idea de que él, Josef Rada, fuera a acechar y abrir cual ladrón el escritorio de otro. No hacía mucho que hubiera tomado por loco a cualquiera que le hubiese exigido a él, Josef Rada, semejante delito.

De la noche a la mañana se había convertido en otro. Rechazó todos los reparos de esa índole. Rechazó reparos mayores. Los de orden menor, de carácter cívico, dictados por su siempre activo sentido de la ley y del derecho ya no le inhibían. Sólo su falta de experiencia y habilidad lo inhibían aún en esos días, el miedo de echarlo todo a perder por culpa de su inexperiencia e inhabilidad. La obra que quería realizar no debía fracasar bajo ningún concepto. Se había jurado atar su vida a esa obra y esperar con paciencia, infinita e imperturbable, el día en que se le presentara la ocasión de actuar.

Hoy había dado un decisivo paso adelante. Las listas y los registros de los que se había hecho cargo, y cuya modificación y ampliación le competían exclusivamente, facilitaban de forma sustancial la obra que se había propuesto llevar a cabo. Ya no tenía necesidad de abrir la cerradura del escritorio. Los recursos que necesitaba estaban en sus manos. En sus manos estaba el destino de todos los trenes militares que partían hacia el frente del Este. Los dos años que llevaba en la sección III no habían sido un tiempo perdido. En aquellos dos años, Fobich había llegado a la convicción de que Rada era el único funcionario de la sección que merecía su confianza ilimitada.

Rada estaba resuelto a cumplir sin dilación el deber al que se sentía llamado. Por eso, y contrariamente a su costumbre, había salido de la oficina a las seis. Estaba en la calle esperando a Havelka. Miraba hacia la puerta que despedía a los funcionarios de la sección de tarifas. Tenía la intención de no abordar a Havelka cerca del edificio ministerial, sino de hacerle una señal y seguirlo a Karlín o a otro sitio donde pudiesen hablar tranquilamente.

Al cabo de un cuarto de hora, se replegó a una puerta cochera porque temía llamar la atención si prolongaba su presencia en la calle. La Gestapo tenía ojos en todas partes. Un hombre esperando en la calle corría peligro de despertar su interés. Se quedó, pues, en la puerta cochera espiando el portón del edificio ministerial. A las siete Havelka seguía sin aparecer. Pero unos minutos después Rada vio salir a Beran. Lo siguió, lo abordó y le preguntó si Havelka tardaría.

–Venga conmigo –dijo el anciano–. No tiene sentido que espere.

Caminaron en silencio. Beran ponía cara de pesadumbre.

–¿Trabaja hasta después de la siete? –preguntó Rada.

Beran negó con la cabeza y dijo en voz baja:

–Le pido un momento de paciencia. Enseguida se lo cuento todo.

Cuando llegaron a una discreta bocacalle, se detuvo y susurró:

–A Havelka lo detuvieron anteayer. No sé adónde lo llevaron. La Gestapo fue a buscarlo a su casa. También detuvo a su mujer. Es lo único que sé.

14

Tras despedirse de Beran, Rada comenzó a andar sin rumbo. La cabeza le tronaba. Era incapaz de pensar a derechas. Al llegar al puente situado detrás del Teatro Nacional checo se detuvo. Se había acercado sin querer a su casa. Permaneció varios minutos mirando el río oscuro y silencioso, dio media vuelta y volvió sobre sus pasos. En la Národní třída se subió a un tranvía y fue hasta Žižkov.

Desde sus años mozos rara vez había estado en aquel barrio. Allí, en Žižkov, había vivido de bachiller. Se encontró con muchas calles nuevas que desconocía. Tampoco conocía la que buscaba. No había apuntado la dirección del domicilio que le había dado Novák; la había memorizado por deseo de éste. Había omitido preguntarle por la ubicación de la calle. Caminaba por una vía animada que le recordaba su juventud. Pasó por delante de la casa en la cual había vivido de bachiller. Era una casa fea en una calle fea, habitada principalmente por obreros. Al final de aquella calle abordó a un hombre y le preguntó por la que buscaba.

No era fácil localizarla. Estaba situada en la periferia detrás de unas fábricas de gran tamaño. Cuando por fin llegó, su corazón empezó a latir agitadamente. No por temor a la decisión que tenía que tomar; el corazón le palpitaba con violencia porque temía no encontrar a Novák. Como la Gestapo había arrestado a Havelka, no era improbable que Novák hubiese corrido la misma suerte.

Al leer los nombres de los ejecutados, había temido toparse con aquel nombre cada día. Había sentido esa angustia cuatro veces; cuatro hombres llamados Novák habían sido ejecutados en Bohemia desde la llegada de Heydrich; los cuatro eran jóvenes, ninguno tenía más de treinta años... Pero quizá Novák tenía varios nombres; cualquier hombre de mediana edad que aparecía en las listas de ejecutados que se publicaban cada día podía ser el dirigente de la organización clandestina con el que Rada había hablado.

No, no era muy probable que encontrara a Novák en la casa a la que se dirigía. De ahí que su ansioso y expectante corazón latiera desenfrenadamente. Temía que, si no daba con Novák, no pudiera cumplir el deber al que se sentía llamado. ¿A quién podría él, hombre solitario e inexperto, confiar sus planes? Ni Havelka ni Novák le habían dicho quiénes formaban parte de la organización clandestina. Sólo le habían revelado que en todas las oficinas públicas, incluso en la sección III, había compañeros de lucha; pero Rada no los conocía. Quizá los veía todos los días, quizá entraban y salían a diario del despacho de Fobich, pero ninguno le había dado a Rada una señal secreta, ninguno había intentado acercársele, ninguno lo consideraba cómplice del secreto y menos aún compañero de lucha. Con razón, pensó Rada; durante dos años había evitado unírseles. No había sido uno de ellos, no había comprendido cuál era su deber. ¿Qué haría, pues, si no conseguía localizar a Novák? Atormentado por ese pensamiento, entró en la casa que buscaba.

Era un edificio nuevo y grande de seis plantas. Como habían transcurrido dos años desde que Novák le diera la dirección, no podía tratarse de un inmueble completamente nuevo; pero tenía el olor inconfundible de una construcción de nueva planta inacabada que, envuelta todavía en su fría y severa aura de hormigón y acero, aún no había absorbido aromas humanos. Sin embargo, según indicaba el tablón con los nombres de los vecinos colgado en el portal, junto a la puerta abierta, estaba habitada de arriba abajo. Rada leyó los nombres de quienes residían en la finca. Ninguno se llamaba Novák. Después de pensarlo un instante, decidió ir a ver al portero. Decidió preguntar por la dirección de Novák si el conserje era checo, y por un ficticio señor Zapletal o Kunz, si se trataba de un alemán. De un portero checo podía un checo fiarse; ocurría rara vez que un checo delatara a otro. Así y todo, quería proceder con cuidado y cautela.

La vivienda del portero se hallaba cerca del ascensor, en un recoveco que Rada tardó en encontrar. Llamó al timbre. Abrió un hombre flaco de mediana estatura y unos cincuenta años de edad, quien le preguntó que deseaba. Era checo. Sin embargo, Rada vaciló en preguntar por Novák, aunque se decía a sí mismo que la elevada frecuencia de ese nombre rebajaba en cierto modo el peligro al que se exponía, pues no era nada improbable que en un gran bloque de pisos de Praga viviera o hubiese vivido algún Novák.

–Venía a ver a un conocido que vivía aquí pero no encuentro el nombre en el tablón de los vecinos –dijo al fin.

–¿Cómo se llama? –preguntó el portero.

Rada no contestó. Su inexperiencia ya se hacía notar en el primer paso que daba hacia aquella esfera desconocida y movediza en la que había de adentrarse; su titubeo tenía que llamar la atención hasta del observador más incauto y desprevenido. Sin embargo, el portero no parecía un incauto y desprevenido observador. Tenía una cara perspicaz y alerta, con ojos no menos alerta y perspicaces. Se quedó mirando a Rada con gesto examinador. De pronto, su rostro insinuó una sonrisa y dijo:

–¿Quiere pasar? Quizá puedo darle razón.

Rada entró. El portero lo condujo a un pequeño cuarto con indicios de estar habitado por un hombre con un acusado sentido del orden.

Había en la estancia una cama. El piso sólo consistía en aquel cuarto y una cocina diminuta cuya puerta estaba abierta, lo que hacía pensar que el portero vivía solo, sin mujer y sin familia. En la repisa de la ventana había varias macetas con flores. También la mesa, en el centro del cuarto, lucía un tiesto con una flor.

–Siéntese –dijo el portero–. Me llamo Musil. No tiene que decirme su nombre. Sé que no lo hace por falta de cortesía. Si quiere saber una dirección me complacerá estar a su servicio. Y si no, también es usted bienvenido. Estoy solo aquí y hoy ya no trabajo. Me resulta agradable tener compañía.

Rada sonrió tímidamente y tocó el tiesto que tenía delante.

–¿Le gusta el cactus? –preguntó el portero–. Me dedico mucho a las plantas y a las flores, es mi afición, mi pasatiempo. Cada persona necesita un pasatiempo, ¿verdad? Tuve durante muchos años una parcelita en las huertas de Holešovice. Era minúscula. Y sin embargo siempre me daba una gran alegría. Pero el cactus que ve aquí no es de mi huertecito. Desde marzo del treinta y nueve lo del huerto se acabó. El cactus me lo regalaron. ¿Qué pasatiempo tiene usted, si me permite la pregunta? ¿O acaso no tiene?

—Antes era un gimnasta apasionado.

—A mí también me gustaba la gimnasia, pero sólo cuando era muchacho. Desde que soy adulto tengo la manía de la jardinería. En nuestros huertos de Holešovice me tenían por loco, pues mi huerto se distinguía del resto de parcelas, dedicadas sin excepción al cultivo de verduras. La gente plantaba allí repollos, espinacas, rábanos, zanahorias, lechugas, coliflores, coles de Bruselas… y yo, imagínese, no plantaba nada de eso. Nada de verduras. Nada comestible. Sólo flores. En medio de los ochenta y cinco huertos yo me hice mi jardincito de flores. Aquello causó gran revuelo en la colonia. Si hubiese podido, la gente me habría encerrado en un manicomio.

Volvió a sonreír, se reclinó y dijo:

—Nuestro amigo me ha dado una buena descripción de su persona. Me dijo que usted se ponía colorado como una muchacha y que tenía unos ojos incapaces de mentir.

—¿Quién? ¿De quién habla?

—De Novák. ¿De quién si no? Me dijo que tarde o temprano vendría usted a hablar con él. Me describió con exactitud su aspecto y su comportamiento. Me dijo también que es parco en palabras. Le he reconocido enseguida por su descripción. Hace tiempo que habló de usted por primera vez; y ayer volvió a hacerlo. Probablemente porque Havelka ha sido detenido... Ha vuelto a ponerse colorado, señor Rada. ¿O me equivoco y resulta que no es usted el señor Rada? En ese caso debería pedirle disculpas.

–Sí, me llamo Rada.
–Prefiero cerrar.

Musil echó llave a la puerta, regresó a la mesa y se sentó.

–Novák nunca ha vivido en esta casa –continuó–. Cambia muchas veces de residencia por precaución, y desde el 15 de marzo de 1939 no tiene domicilio fijo. El que quiera hablar con él tiene que venir a mi casa. Es así, señor Rada.

–Comprendo. No se tome a mal que al principio no quisiera decir...

–Ha estado usted acertado, las precauciones son necesarias. ¿Quiere reunirse con Novák? ¿O quiere que le dé un recado de su parte?

–Tengo que hablar con él.
–Venga mañana a esta hora. Lo encontrará aquí.
–Gracias. No faltaré.

Rada se levantó.

–Quédese otro ratito –dijo Musil–. Me alegro de que haya venido. Hace poco que Novák dijo: «Estaría bien que Rada viniera». Pero no quería apremiarle. Dijo: «Cuando haya llegado su hora vendrá por su cuenta».

–Por tanto, es usted uno de sus más estrechos colaboradores.

–Soy su cartero. Hemos establecido que nadie se comunicará con él de forma directa.

–¿La jardinería no es, pues, su único pasatiempo?

–Ya no. Pero hasta el 39... Es que estoy solo en el mundo. No tengo mujer, no tengo parientes. Durante años me desplacé a Holešovice para estar con mis flores como quien va a ver a su familia o a su amante. No deseaba ni necesitaba otra cosa. Era un hombre feliz. Ahora, claro está, las flores ya no son lo principal. Ahora tengo asuntos más importantes en los que pensar.

–Y más peligrosos.

–No pienso en el peligro, señor Rada. Nunca se debe pensar en los posibles peligros. Sólo se debe pensar en el objetivo. Cuando pienso en el objetivo me parece ridículo preocuparme por mi vida. Por cierto, ¿ha tenido noticias de su hijo? Novák me ha contado que usted no deja de pensar en él.

–No he tenido noticias.

–Está bien que se reúna con Novák. Ya verá usted: uno olvida sus preocupaciones cuando hace algo útil. Dentro de poco sus preocupaciones privadas le parecerán mezquinas. Imagínese el peor de los casos. Suponga que su hijo no esté vivo. Reconozco que es triste imaginárselo. Pero debe usted pensar que por culpa de Hitler mueren millones de personas. Cada uno de los que mueren por culpa de Hitler tiene padres o mujer o hijos. Pocos están solos en el mundo como lo estoy yo. ¿Adónde iríamos a parar si los millones de supervivientes pensaran siempre y exclusivamente en la pérdida que han sufrido? ¡Todos esos millones de personas tienen que pensar en Hitler y no en sus propios muertos! Sólo así se podrá liberar al mundo de la peste. Pero quiero enseñarle algo, señor Rada.

Musil fue a la cocina y volvió con un ramo de ásteres que comenzaba a marchitarse dentro de un florero.

–Fíjese –dijo–. Estos ásteres los sembré en el patio de esta casa. Ahí no hay jardín ni trocito de tierra apto para la jardinería. Y, sin embargo, yo le he sacado estas flores a ese patio de piedras. ¿No es bonito?

15

Rada tomó un transporte que lo llevara a casa. No tenía el corazón ligero pero sentía una extraña alegría. Sabía que a partir del día siguiente su vida correría mayor peligro que la de un soldado en la primera línea del frente; no obstante, tenía la sensación de haber sido despertado, como por un milagro, a una vida nueva y más rica. Tenía la sensación de haber resucitado de entre los muertos. Comprendió que había estado ciego y sordo y que por fin, después de mucho tiempo, había recuperado la vista y el oído. Miraba a la gente que no había mirado durante mucho tiempo. Vio a los hermanos que, como él, llevaban mucho tiempo sufriendo; no había querido ver sus penas porque su propio sufrimiento y su propia desgracia lo separaban de todas las personas. Sentía por primera vez que esas personas que sufrían igual que él eran sus hermanos. Veía al lado de sus hermanos a los enemigos.

Ver a los hermanos le daba fuerza. Pero también le daba fuerza ver a los enemigos.

Se bajó detrás del Teatro Nacional. Un oficial alemán y un SS pasaban de largo. Caminaban con orgullo y aplomo, como si la ciudad fuese suya. Caminaban como si el mundo fuese suyo. Como si nada pudiese sucederles. Rada, que desde el 15 de marzo de 1939, rehuía ver a los oficiales y SS alemanes, ahora se quedó mirándolos, y sintió que verlos le daba fuerza. De todas las personas y de todas las casas emanaba una fuerza hacia él.

Las casas estaban envueltas en un silencio de muerte. Los asesinos y esbirros enviados por el general asesino Heydrich campaban a sus anchas. En todas las casas la gente esperaba la invasión de los asesinos. En todas las casas alguien preguntaba al destino ignoto: ¿Seré yo el siguiente? ¿O mi vecino de la derecha, o mi vecino de la izquierda? Cuando los asesinos se plantaban en un hogar y agarraban a su víctima, los demás hogares quedaban sumidos en un silencio de muerte.

Rada caminaba despacio; pensaba en sus vecinos. Pensaba: Los asesinos vendrán a por mí y en los pisos inmediatos habrá un silencio de muerte. Los vecinos espiarán tras la mirilla y verán cómo los asesinos me agarran y me arrastran escaleras abajo. Se figuraba la escena; la escena no le asustaba. Pensaba en los asesinos y en los vecinos; en la única que no quería pensar era en Marie. Pero cuando llegó a la puerta de su casa ya sólo pensaba en ella.

Nada sabía Marie de su decisión. No le había dicho nada porque sabía que en adelante no podría ceder a ninguna emoción que paralizase su fuerza. Salvo a una. De todas las personas y de todas las casas en las que había personas que sufrían y esperaban la llegada de los asesinos la fuerza emanaba hacia él. Pero como no sabía si Marie daría por buena su decisión, de ella no afluía ninguna fuerza hacia él, y la casa en la que entraba paralizaba su paso.

Se detuvo en el portal. En la casa había un silencio de muerte. Rada estaba parado en la oscuridad, se apoyaba en la puerta de la calle y pensaba en Marie. Si caía sobre él una desgracia, también caería sobre ella. Si la desgracia caía sobre ella, también caería sobre él. No había diferencia entre si la desgracia caía sobre él o sobre ella. Ni él ni ella lo habían dicho nunca, pero no hacía falta decirlo. Marie y él eran una misma persona. Habían llegado a ser una misma persona a lo largo de los muchos años de matrimonio. No obstante, en los últimos días él le ocultaba a Marie sus pensamientos. En los últimos días pensaba en la noche que, varios meses después de la desaparición de Edmund, había ido al cine con ella. Esa noche, en el cine, Marie, en un momento dado, se había reído con ganas, como en los viejos tiempos. Entonces él pensó: Quizá sea más fuerte que yo. O quizá sea más débil. No hemos llegado a ser una misma persona. Quizá dos personas no puedan llegar a serlo nunca. Pensó: No sé si dará por buena mi decisión. ¿Qué pasa si no la da por buena?

Pensó en esta pregunta hasta encontrar la respuesta definitiva: como no se trataba, según había comprendido, de que Edmund aún estuviera vivo o no, tampoco se trataba de que Marie diese por buena la decisión que podía significar su sentencia de muerte.

Rada se encaminó hacia la puerta de su piso y la abrió. Marie sirvió la cena. Después fue a la cocina, la limpió y, a continuación, le planchó unas camisas. Le dolió comprobar que se estaban deshilachando. Una camisa se había convertido en un bien valioso.

Era medianoche cuando terminó su trabajo. Cuando entró en la sala, Rada estaba sentado a la mesa como si no se hubiera movido desde la cena.

–¿Por qué no te acuestas? –preguntó Marie–. Es medianoche.

–No tengo sueño –dijo Rada–. Ven, siéntate conmigo.

–¿Ahora? ¿Acaso no quieres acostarte?

Asombrada, se sentó a la mesa y preguntó:

–¿Qué pasa? ¿Ha ocurrido algo?

Rada buscó las palabras. Dijo:

–Han detenido a Havelka.

–¡Dios mío! –Marie suspiró–. ¿Por qué lo han detenido?

–Ya sabes que detienen a la gente sin motivo. Pero lo de Havelka es distinto. Es un militante.

–¿Qué harán con él? Lo ejecutarán.

–Yo también me lo temo.

–¡En qué mundo nos ha tocado vivir! Vivimos como las bestias que en cualquier momento pueden ser llevadas al matadero. Peor que las bestias. Éstas al menos saben lo que les espera.

Rada la escuchó inmóvil y callado.

–Acuéstate –dijo Marie–. No puedes ayudarlo. No tiene sentido que estemos sentados aquí en vez de dormir.

Rada puso la mano derecha sobre la diestra de Marie, que descansaba en la mesa, y dijo:

–Marie, no puedo continuar así. No puedo seguir cruzado de brazos mientras los demás luchan por nosotros arriesgando sus vidas. Tengo que cumplir con mi deber.

Marie se puso blanca y pálida.

–No te asustes –dijo Rada–. Tienes que ser valiente.

Las manos de Marie temblaban. No lo miró. Miró las manos de ambos. La mano de él, que descansaba sobre la suya, no temblaba.

—¿Havelka pertenecía a una organización clandestina? —preguntó Marie.

—No puedo decir nada al respecto —contestó él—. Ni siquiera a ti. Tampoco puedo decirte si yo mismo ingresaré en una organización. Cosa que, por cierto, todavía no sé. Pero he decidido participar en la lucha. Quiero apoyarla en la medida de mis posibilidades. Tengo que hacer algo, luchar contra el enemigo. No puedo decirte más. Pero tenía que decírtelo porque me expongo a un peligro que nos amenaza tanto a ti como a mí.

Marie liberó su mano y la puso sobre la suya.

—No tengo miedo —dijo.

—¿Por tanto me das la razón? ¿Aceptas que es ése mi deber?

Marie se levantó y se acercó a la cómoda sobre la que estaban las fotografías de Edmund. Miró al chico de cuatro años vestido con su traje de marinerito. Miró al chico de once, con los mismos ojos serios y afligidos de su padre. Miró al muchacho de dieciocho, con el mismo aspecto que tenía cuando desapareció. Rada permanecía sentado y contemplaba la delgada espalda de su mujer.

Cuando Marie se dio la vuelta, su cara estaba transformada. Tenía lágrimas en los ojos pero sonreía. Dijo:

—En una ocasión hablé con Edmund sobre esto, ahora puedo contártelo. Me preguntó si pertenecías a alguna organización clandestina. Le contesté que no lo sabía, que no me habías dicho nada. «Creo que me lo habría contado», le dije. «Pero quizá tiene prohibido hacerlo. Es posible.» Entonces él dijo: «Me alegraría que fuera uno de los militantes».

–¿Es verdad eso que me dices? –preguntó Rada.

Sabía que Marie no mentía. La frase de Edmund le hacía tan feliz que no sabía lo que decía.

–Sí –dijo Marie–, y yo dije que tendría mucho miedo por ti si fueras uno de los militantes porque no tenías experiencia. Entonces Edmund dijo: «No obstante, te alegrarías».

Rada guardó silencio. Estaba sentado quieto e inmóvil pero Marie vio que estaba feliz.

–¡Cómo te alegras! –dijo ella–. Hace años que no te veía tan feliz.

–Sí, me alegro –dijo Rada–. No sabes lo que eso significa para mí. Siempre supuse que Edmund lo esperaba de mí. Ahora lo sé a ciencia cierta.

–Tienes que acostarte –dijo Marie–. Se ha hecho tarde.

–¿Y tú? –preguntó él–. ¿También lo deseabas?

–No –dijo vacilando–. No soy una heroína. A partir de ahora no tendré un solo momento de tranquilidad. Pero no quiero que por mí dejes de cumplir con lo que consideras tu deber. Seré valiente, te lo prometo.

–Siéntate un minuto –le pidió–. Quiero hacerte una propuesta. Heydrich no sólo asesina a los hombres que actúan contra él; asesina también a sus mujeres, sus parientes, sus familias. Lo sabes tan bien como yo. Por eso propongo que mañana cruces la frontera. Primero la de Eslovaquia; no es difícil. Allí nadie te buscará. Y si te buscan, puedes seguir a Hungría. Allí puedes esconderte aún más fácilmente. Lo considero sensato. Así me liberas de una gran preocupación. Porque si me cogen a mí, vale: me habrán cogido y pagaré con mi vida, pero al menos sabré que tú estás a salvo y que Heydrich no puede hacerte mal.

Marie, que lo había escuchado de pie, se sentó y dijo:

–¿Lo dices en serio? ¿Y crees que sería capaz de irme dejándote a ti solo?

–Quiero que lo hagas.

–Pero sabes perfectamente que no puedo cumplir ese deseo tuyo. Y ahora sólo te pido una cosa: no vuelvas a mencionarlo. Si te ejecutan a ti, me ejecutarán también a mí. Ha de ser así, no quiero que sea de otro modo. Si me llevas la contraria, me desanimas. No puedes querer eso.

Rada no insistió. Se puso de pie. Marie hizo otro tanto. Fueron a acostarse.

A la mañana siguiente, Rada cogió el periódico antes de ir al Ministerio. Como la mayoría de los checos, leía cada mañana la lista de las víctimas del día anterior.

—¡Marie! —exclamó sosteniendo el periódico con manos temblorosas.

Marie salió de la cocina y echó una mirada a la lista de ejecutados. Leyó:

Las siguientes personas han sido condenadas a muerte por el Tribunal Nacional. Las penas fueron ejecutadas ayer.

Jaromír Havelka, natural de Tábor, domiciliado en Praga, 51 años.

Ludmila Havelková, natural de Chotěboř, domiciliada en Praga, 48 años.

Václav Havelka, natural de Praga, domiciliado en Choceň, 23 años.

Vladimír Havelka, natural de Praga, domiciliado en Přerov, 21 años.

Rada dejó caer el periódico al suelo.
—Vete a Eslovaquia —dijo—. Te lo ruego.
—No —dijo Marie—. Me quedo.

16

A las ocho de la tarde, Rada entró en la vivienda del conserje Musil. Novák ya lo esperaba. Sentado ante la mesa, estudiaba un mapa de ferrocarriles. No se levantó; se limitó a tenderle la mano y dijo:

—Qué bien que haya venido. Echa la llave, Emil.

Musil cerró la puerta.

—Siéntese a mi lado, señor Rada –dijo Novák–, le voy a enseñar, ante todo, la situación de nuestras posiciones fuertes en el mapa. Debe poner mucha atención; lo mejor es no tener nada escrito. Así que no tome apuntes, sólo memorice lo que voy a decirle. Lo más importante para nosotros son las vías principales, claro está, porque absorben la mayor parte de los transportes que van al frente de guerra ruso. Pero también cualquier otra vía puede adquirir gran importancia. Muy importantes son todas las vías que tocan Pilsen, pues la empresa Škoda es el segundo productor de armas y municiones que tiene el enemigo. Ahora voy a enseñarle los centros de resistencia más grandes que tenemos.

Clavó el dedo corazón de la mano derecha en un punto del mapa.

–Aquí gran parte de los funcionarios y la totalidad de los obreros están al servicio de nuestra organización. Aquí se pueden hacer muchas cosas. Aquí también. –Clavó el dedo corazón en otra gran estación–. Además: Aquí. Aquí. Y aquí. –El dedo corazón se deslizaba de estación en estación–. Éstas son nuestras posiciones más fuertes en las vías principales. ¿Ha tomado buena nota de ellas? Repita los nombres, señor Rada.

El dedo corazón permanecía adherido al círculo que designaba la última estación que había nombrado. Rada contemplaba cautivado la mutilada mano, el recio dedo corazón que daba las instrucciones. Se lo habrá rebanado una máquina, pensó. ¿Será muy doloroso que le corten a uno el dedo? Mientras se sumía en ese pensamiento repetía, como un alumno en clase de Geografía, los nombres de las estaciones mencionadas por Novák.

–Ahora voy a decirle las estaciones de las que podemos fiarnos en las proximidades de la empresa Škoda –dijo Novák–. En Pilsen mismo no queremos arriesgarnos porque allí la Gestapo dispone de todo un ejército de espías. Donde uno pone el pie hay al menos diez espías. En Praga sucede igual.

—No obstante, hace poco descarriló un tren de municiones en Karlín.

—Exacto. Pero aquella operación se cobró muchas víctimas. Es posible que en adelante tratemos de evitar operaciones en el área de Praga. Ahora voy a enseñarle los bastiones más importantes cerca de la empresa Škoda.

Mencionó algunos nombres de estación. El dedo corazón se desplazaba en el mapa de un punto a otro.

—¿Quiere repetir los nombres?

Rada los repitió.

—Bien. Le quedan por saber todavía los puntos de nuestros guardavías de confianza –dijo Novák–. Éstos ya no son tan fáciles de retener por ser demasiados. Pero no hace falta que memorice cada caseta de guardavía. Basta con que recuerde en qué tramos podemos operar con mayor facilidad.

De nuevo el dedo corazón se desplazaba por el mapa. Novák decía números. Cada número significaba una caseta.

—Despacio, por favor –dijo Rada–, quiero grabármelos.

—Es imposible. Lo va a ver enseguida. –Novák dijo muchos números seguidos–. No puede retener todos en la cabeza –dijo entonces.

—No, tan buena memoria no tengo –dijo Rada–. Pero si los apunto, puedo aprendérmelos de memoria en una semana. Después destruiría los apuntes. Incluso si la Gestapo me encontrara el papel, nunca podría adivinar qué significa.

Novák reflexionó.

–De acuerdo –decidió–, apunte los números. ¿Cree que en una semana será capaz de memorizarlos como un poema?

–Quiero probarlo. Tengo en la cabeza un impresionante número de tarifas completamente irrelevantes que ya no me conciernen desde hace mucho tiempo.

–Ah –dijo el portero, que estaba junto a la ventana–, ése es su pasatiempo.

–No, no es mi pasatiempo –dijo Rada sonriendo–, pero pongo esfuerzo cuando me hago cargo de un trabajo.

–Esto redundará en nuestro provecho –dijo Novák–. Intente, pues, memorizar los números. Pero, en cualquier caso, destruya el papel al cabo de una semana.

Le dictó los números. Rada tomó nota.

–¿Y sabrá lo que significan? –preguntó Novák después de dictarlos.

–Sí. En los viarios que existen en la sección III encontraré la ubicación de las casetas.

–Bien.

Novák dobló el mapa y lo guardó en el bolsillo. Luego dijo:

—Señor Rada, me alegro de que quiera colaborar con nosotros.

—Es mi deber –dijo Rada–. Miró a los ojos de Novák y continuó–: Tengo la mejor voluntad. Pero necesito que me instruyan. No soy una mente política, nunca he sido un militante político. Fui legionario en la anterior guerra mundial, pero luché formando parte de un cuerpo. Eso no era difícil.

—Ahora también luchará formando parte de un cuerpo.

—¿Debo afiliarme a su organización?

—Nada ha de cambiar hacia fuera, señor Rada. Tomarle juramento es absolutamente superfluo. No necesitamos eso. Tampoco queremos de usted declaraciones solemnes. Basta con que nos diga que quiere ayudarnos.

—Quiero ayudarles.

—Con eso es suficiente.

—Pero debe decirme lo que tengo que hacer. Hace dos años me dijo que en la sección III había algún miembro de su organización. ¿Sabe usted y saben sus cómplices en la sección que ayer Fobich amplió mi campo de tareas de forma esencial?

—No. Esto es nuevo para mí.

—Desde ayer estoy metido en todos los secretos de la sección. Fobich me tiene confianza ciega. Soy, aparte de él, el único funcionario de la sección que tiene conocimiento de todos los transportes de tropas, armas y municiones. Podré decirles día a día qué trenes parten hacia el frente y a qué hora pasa cada tren por cada una de las estaciones.

–Esto es un golpe de suerte inesperado, señor Rada. De esta forma podrá sernos de inmensa ayuda.

–Eso espero. Sólo ha de decirme con quién tengo que colaborar y en qué consistirá mi trabajo.

Novák se levantó y caminó de un lado a otro del cuarto. Rada miró el papel donde había anotado los números y comenzó a memorizarlos en silencio. Musil, sentado junto la ventana, se dedicaba a sus macetas. Por fin Novák dijo:

–Tenga cuidado, señor Rada. Tú también tienes que tener cuidado, Emil. Siéntate con nosotros.

Novák y Musil se acomodaron a la mesa.

–Su tarea, señor Rada, será muy sencilla –dijo Novák. No digo que será inofensiva, pero sí sencilla. No nos interesa lo que es de poca monta. Sólo nos interesan los transportes importantes. Nos interesa un tren cargado de soldados alemanes con destino al frente. Nos interesa un tren cargado de tanques o de otro armamento con destino a Rusia. No nos interesan los transportes mixtos de tamaño menor. El tráfico civil no tiene absolutamente ningún interés para nosotros. Cuando esté previsto un transporte de tropas o armas de envergadura, venga a avisar a Musil. Le dirá en qué momento pasará ese tren por los tramos y las estaciones atendidas por nuestra gente. Tendrá que indicar la hora exacta en que el tren pase por tal estación o tal caseta de guardavía. La hora exacta al minuto. Si hay retrasos, cosa inevitable, los nuestros se los comunicarán entre ellos. ¿Le queda alguna duda?

–Ninguna.

–Si Musil no estuviera en casa o este lugar se hubiera vuelto inseguro, llame al café Slavia entre las ocho y las nueve de la noche y pregunte por el ingeniero Meloun. Alguien acudirá al teléfono y dirá: «El ingeniero Meloun al habla, ¿quién es?», y usted dirá: «Soy el arquitecto Král. Llamo para preguntar si puedo verle mañana por lo del presupuesto, señor ingeniero». A lo que él dirá: «De acuerdo, venga a verme entre las diez y las once, si le va bien», y usted contestará: «Muy bien. Iré a esa hora». Después, atravesará usted a paso lento el puente hacia Smíchov. En el puente le abordará un hombre. De baja estatura y joven, de poco más de treinta años, con gafas y bigotito como Hitler o Charlot. Le estrechará la mano como a un viejo conocido y dirá: «¿Cómo está, señor Král?». Le acompañará, y usted, sea en su casa o en el lugar al que vayan, le dará la información completa. ¿Lo recordará todo?

–Sí, lo recordaré.

–Aún tenemos que prever otra eventualidad. En caso de que no consiga localizar ni a Musil ni a Meloun, llame al número 15225 y pregunte por

Růžena. Si una voz de hombre le dice que está en casa, usted dice: «De acuerdo. Llego enseguida». Entonces se dirigirá al Belvedere. Ante el pabellón de Hanau se encontrará a un señor mayor acompañado por un perro caniche con correa. Cuando se detenga junto a él, el señor dirá a su perro: «Ven, Bella». Entonces usted sabrá que está ante su hombre… ¿No tiene la cabeza hecha un lío? ¿No confundirá una cosa con otra?

–Déjeme que lo repita.

Rada repitió palabra por palabra todas las instrucciones. El afán con el que desempeñaba la tarea hizo sonreír a los dos oyentes.

–¿Me he equivocado en algo? –preguntó.

–En absoluto –dijo Novák–. Y no me cabe duda de que tampoco se equivocará en el futuro.

–¿No necesito más instrucciones?

–Por lo pronto no. Ya sabe lo que tiene que hacer. Todo lo demás nos corresponde a nosotros.

–Aún quisiera pedirle algo –dijo Musil–. Cuando todo salga bien y hayamos expulsado a los nazis y el país vuelva a ser nuestro y seamos otra vez personas libres, entonces usted, señor Rada, tiene que ser mi vecino en las huertas de Holešovice.

–Pero yo de jardinería no entiendo nada, señor Musil.

–Le enseñaré. Verá lo bonito que es cultivar flores. Estoy convencido de que le gustará. Veo que tiene mucha paciencia: es usted un jardinero nato. Hoy le veo por segunda vez y ya sé que no puede haber vecindad más agradable en la huerta. Me hace ilusión. ¿Está de acuerdo?

Rada dijo sonriente:

—¿Cree que el día de la liberación aún estaremos vivos?

—Yo no me ocupo de preguntas de este tipo —dijo Musil.

—¿Puede decirme cómo fue que Havelka...? —Rada tartamudeó y miró a Novák con gesto interrogante.

—Un espía de la Gestapo llevaba tiempo pisándole los talones —contó Novák—. Algún cerdo puso a la Gestapo sobre aviso. «No sé por qué, pero estoy sintiendo una amenaza inminente», me dijo hace dos meses. «Hay algo que me persigue. Alguien que me está persiguiendo.» «Ten cuidado», le dije, «repliégate mientras tengas esa sensación repugnante. Sé lo que es eso, a veces a uno le dan corazonadas así. No hay que tomarlas a la ligera.» Pero él... bueno, ya lo conocía usted, y sabe lo obstinado que era. No cedió. El descarrilamiento de Karlín en parte fue obra suya. Era un hombre valiente. Hizo mucho. El martes a las nueve de la noche lo detuvieron en su casa. Junto con su mujer. Lo supe una hora después. Me planteé qué hacer. A él y a su mujer ya no se les podía ayudar. Pensé en cómo ayudar a sus hijos. Tenía dos. El mayor vivía en Choceň; el menor, en Moravia, pero no me constaba la localidad. Por tanto, tuve que sacrificarlo. Pero al mayor, al de Choceň, quise prevenirlo. Lo conocía bien; era un buen muchacho. No había manera de avisarle de forma telegráfica; ningún telegrama le habría llegado. Por consiguiente, tuve que desplazarme al lugar. A las diez y diez estaba en la estación. Me encontraba en la taquilla para comprar un billete cuando de pronto vi venir a un pelotón procedente del andén. Con el joven Havelka en medio. Me di prisa en comprar el billete y no hacerme notar, luego seguí al pelotón. Vi cómo metieron al joven Havelka a empellones en un coche de la policía. No me vio. Supe que no volvería a verlo… Los nazis creen que nos disuaden ejecutándonos a nosotros y a nuestras familias. Si supieran qué clase de personas somos, sabrían que toda ejecución refuerza mil veces nuestra voluntad de sacrificio. Quizá ninguno de nosotros quede con vida. ¿Puede este pensamiento disuadirnos? A mí no. Ni tampoco a ti, Emil. Ni tampoco a usted, señor Rada.

–Cumpliré mi deber –dijo Rada.

17

Pasada una semana, era jueves, Rada fue a llevar la primera información. Un convoy integrado por treinta y seis vagones repletos de municiones se hallaba listo para salir de una estación de maniobras de Brno. Su partida estaba fijada para las 17:15 del día siguiente. Rada indicó las horas y los minutos en que el tren pasaría por las estaciones con personal afecto a la organización clandestina; además, había calculado los momentos en que el transporte pasaría por las casetas de guardavía que figuraban como puntos de apoyo de la organización. Dio el número de cada una de las casetas, así como el horario exacto del paso del convoy. Es más, había calculado también las horas y los minutos en que el tren atravesaría cada uno de los túneles que jalonaban la vía principal.

–Un trabajo estupendo –dijo Musil.

–Novák no dijo nada de los túneles –comentó Rada–. He pensado que, según las circunstancias, podría ser conveniente hacer descarrilar el tren en un túnel. Pero quizá no haya sido buena idea.

Resultó que Musil no fue capaz de memorizar la gran cantidad de números y horarios.

–Ya de chico siempre tuve disgustos por no poder retener las cosas –dijo–. No puedo aprenderme estos números ni aunque me maten. Ni sabiendo que el propio Hitler viaja en el tren que ponemos en nuestro punto de mira sería yo capaz de grabarme tal cantidad de cifras. Necesito apuntarlo todo.

Cogió un papel y anotó los datos.

–Espero que todo salga bien.

–¿Sabe usted cuánto tiempo solemos dedicar a la preparación de estas operaciones? –preguntó Musil–. ¡Semanas enteras! El descarrilamiento de Karlín lo estuvimos preparando durante un mes y medio. Ahora voy a ver a Novák para entregarle este papel. Es posible que tenga que estar horas y horas buscándolo porque pasa la noche ya en un sitio, ya en otro. Pero incluso encontrándolo enseguida será sumamente improbable que la cosa prospere. Tiene usted que pensar que disponemos de muy poco tiempo. El tren saldrá de la estación de Brno mañana a las 17:15. Para esa hora tendrían que estar a punto todos los preparativos. No acordamos nada por teléfono, sería demasiado peligroso. Novák u otro al que dé la orden tendrá que visitar esta misma noche el lugar donde haya de descarrilar el tren.

Habrá de encontrar a la gente a la que confiar la operación. Depende de mil azares el que esa gente tenga la posibilidad de prepararlo todo con tan poco tiempo. En resumidas cuentas, sería un milagro que la cosa se llevara a cabo. Sólo las operaciones planeadas con antelación tienen perspectivas de éxito.

Rada quedó decepcionado.

–Ocurre rara vez que la salida de un tren fuera de horario sea programada a largo plazo –dijo–. Casi nunca dispondremos de más de veinticuatro horas.

–No se desanime, señor Rada. Como ya le he dicho, usted ha hecho un trabajo estupendo. Y Novák sin duda hará lo humanamente posible para que la cosa se lleve a cabo. Si se empecina en algo, suele salir bien. Si considera que la cosa es factible, a pesar del breve período de preparación, se llevará adelante. Ahora voy a verlo. Si tengo suerte, podré comentarlo todo con él en veinte minutos. Usted, váyase a su casa tranquilamente y piense lo menos posible en el asunto. Es usted un novato en este campo y sé por experiencia propia que más vale no seguir dándole vueltas a estas cosas una vez que ya no se está directamente implicado en ellas. Y vuelva cuando pueda avisarnos de otro suculento tren de municiones, tanques o tropas con destino al frente.

Rada se marchó. Había sido tras el descanso del mediodía cuando conoció los detalles relativos al tren de municiones que saldría de la estación de maniobras de Brno a las 17:15 del día siguiente. Había recibido el encargo de intercalar el convoy en el tráfico ferroviario del día y de calcular los horarios. Había terminado el trabajo a las cuatro. Después había escondido la copia de sus cálculos bajo los expedientes de la jornada. A continuación había hecho los cálculos necesarios para la operación planeada. Luego, mientras aparentemente se dedicaba a labores inocuas, había memorizado en secreto los números y los horarios. La señorita Puhl lo había interrumpido muchas veces. No se podía descartar que lo estuviera vigilando. Rada había tenido presente que el mínimo error, la menor equivocación de su memoria, podía echarlo todo a perder. Había sentido una tensión sin igual. No obstante, había realizado aquella inusual e insólita hazaña con la perseverancia serena e imperturbable que, gracias a los muchos años de actividad burocrática, se había convertido en su segunda naturaleza. Mientras satisfacía su deber revolucionario, seguía siendo aquel funcionario centrado en nada más que en la solvencia de los datos que iba calculando. Ni durante el trabajo ni mientras se dirigía a casa de Musil había reflexionado sobre las consecuencias.

No era sino ahora, camino de su casa, cuando pensaba en ellas.

No se subió a un tranvía porque quería estar solo en ese momento. Pasaba por calles animadas pero se encontraba solo y aislado como en un solitario bosque. No tenía la sensación de haber rebasado las dimensiones de su modesta existencia, de sus modestas capacidades y de su modesta razón de vida. No se le ocurrió pensar que hoy había demostrado el carácter intrépido de un héroe. Habría pensado que se le tomaba el pelo si se le hubiese dicho que había resuelto una tarea muy ardua y necesitada de mucho valor. Pero, de camino a casa, fue comprendiendo que ya había tirado por la borda sus viejos deberes, que suponían para él una carga gravosa y querida, porque así lo exigía el deber nuevo y más gravoso.

Le resultó difícil despedirse de sus viejos deberes. Había creído, durante décadas, que el cumplimiento de esos deberes constituía la esencia de su vida. Pero su vida había dejado de pertenecerle. Nunca había tenido en gran estima el valor de su vida. Nunca había meditado sobre sí mismo y el valor de su existencia, pero siempre había tenido muy claro que un pequeño funcionario que se preocupa únicamente por el bienestar de su familia no debe tener en gran estima el valor de su vida. Había un sinnúmero de pequeños funcionarios preocupados únicamente por el bienestar de su familia. Cada uno era un miembro insignificante de la raza humana, pero cada uno tenía su razón de ser mientras se preocupaba por el bien de los suyos. También él, Josef Rada, había tenido, por ese motivo, su razón de ser. Hoy había dejado de preocuparse por el bien de su familia. Ya no era el protector de la misma, sino, según todos los pronósticos, su destructor. Si Edmund y Marie eran capturados y ejecutados por los verdugos, lo serían por su obra, por su culpa; por obra y culpa de un padre de familia. El nuevo y cruel deber con el que había cumplido tenía que formar, a partir de hoy, la esencia de su vida. Estaba satisfecho porque había reconocido su deber. Estaba satisfecho porque había escapado al peligro de no reconocerlo. Habiendo escapado a ese peligro, ya nada podía sucederle.

La muerte no lo asustaba. Tampoco lo asustaba la muerte de sus familiares que veía en su mente. Ni lo asustaban las muertes que necesariamente causaría al cumplir con su deber. Esperaba que el descarrilamiento o la explosión que iba a producirse gracias a su ayuda conllevara un escaso número de víctimas humanas. Pero sabía que una operación de aquellas características las implicaba indefectiblemente, y no se asustaba por el hecho de saberlo. Pensaba en los ferroviarios checos que harían descarrilar el tren de municiones o provocarían su explosión. Los admiraba. Y lamentaba que el destino no le hubiera reservado la suerte de saborear con ellos el triunfo que vivirían en el momento de morir. Porque ese instante de máximo cumplimiento del deber, ese instante que le fijaba un objetivo a la vida, era aquella culminación de la existencia que él se había figurado cuando la llamada de Edmund llegó a sus oídos.

Se había hecho tarde; había comenzado la noche. La ciudad estaba tan oscura que Rada lograba sin dificultades hallarse solo y aislado como en un bosque oscuro y solitario. Caminaba a casa satisfecho. Sus mejillas, pálidas y mortecinas durante la conversación con Musil, recuperaron su tono natural. Los ojos serios de azul agrisado miraban con tan poca aflicción como en los pasados tiempos de seguridad y sosiego.

Saludó a Marie de la misma forma que cada noche; cenó con calma y se acostó sin inquietud. No le dijo lo que hoy había hecho. No era necesario decírselo; habría sido necio aumentar su inquietud. Porque inquieta estaba. Ya no tenía un solo minuto de tranquilidad desde que supo que él había decidido ayudar a los militantes. Marie combatía su inquietud con aquella actividad febril que durante un tiempo le había servido para anestesiar el dolor que le había causado la desaparición de Edmund. Seguía trabajando en la cocina cuando él se acostó. Rada apagó la luz y recapituló los acontecimientos del día. ¿Había memorizado correctamente todos los números? ¿No había pasado por alto ningún detalle capaz de facilitar el éxito de la operación? Esperaba no haber cometido ningún error. Estaba seguro de haber alcanzado ese día la máxima cota de su capacidad y voluntad. Estaba satisfecho. No obstante, no podía conciliar el sueño. Al cabo de una hora oyó entrar a Marie, que se desvistió a oscuras. Rada no se movió. Escuchó su respiración, delatando al poco que se había dormido. Creyó que él no iba a poder dormir esa noche, pero de pronto los números que rondaban su mente se confundieron con las imágenes suscitadas por un sueño.

El día transcurría despacio y lleno de tormentos. En el ambiente sobrio de la oficina, la serenidad que Rada había encontrado la noche anterior en las calles oscuras mientras se dirigía a casa daba paso a la duda y la angustia. ¿De verdad había cumplido su tarea? ¿No habría despistado, por culpa de un error, a sus desconocidos cómplices, de modo que su sacrificio resultara inútil? Fue sobre todo en la pausa del mediodía cuando lo colmó el desaliento, de manera que la posibilidad, sugerida por Musil, de que la operación no llegara a materializarse debido al breve lapso del que dispondrían para los preparativos casi le suponía un consuelo.

Sin embargo, a medida que las horas de la tarde avanzaban, volvía a embargarle el candente deseo de que los militantes desconocidos lograsen realizar la operación ese mismo día. Y, cosa rara, aquel candente deseo le devolvió la serenidad perdida. A las cinco pensó: dentro de un cuarto de hora parte el tren de municiones. Pensó en los accidentes ferroviarios que habían acontecido desde su incorporación a la sección III. A lo largo de los tres últimos años se habían producido un total de tres descarrilamientos y dos colisiones. El «accidente» más importante había sido el reciente descarrilamiento de Karlín, obra de la organización clandestina. Si los demás descarrilamientos y colisiones también habían sido actos de sabotaje perpetrados por la organización, Rada no lo sabía. Tras cada choque o descarrilamiento, muchos ferroviarios habían sido ejecutados.

Miró furtivamente el reloj varias veces. Seis minutos después de las seis el tren de municiones tenía que alcanzar la primera estación que favorecía el acto de sabotaje. A las seis y media la señorita Puhl abandonó la oficina. Ahora el tren se acercaba a la caseta de guardavía 7234, calificada por Novák como «bastión de la resistencia». A las siete Rada decidió quedarse en la oficina hasta las diez. A las nueve y cuarenta, salvo incidente de carácter extraordinario, el tren tenía que alcanzar el punto que ofrecía la última oportunidad para un acto de sabotaje. Si antes de las diez no llegaba alguna noticia acerca de una catástrofe ferroviaria, el acto no se había materializado.

A las siete y media Rada aguzó los oídos porque no sabía si Fobich seguía en el despacho de al lado. A veces, el jefe de sección se quedaba más tiempo que el resto de los funcionarios; otras, se marchaba a las cinco. Hoy, de vuelta de un viaje oficial, había llegado al Ministerio a las cuatro. Había dictado cartas y encargos a la señorita Puhl, luego había mantenido algunas conversaciones por teléfono. Desde las siete reinaba en su despacho un silencio absoluto, por lo que Rada supuso que ya había abandonado el edificio. Eso significa que seré el primero en conocer la noticia, pensó. En cuanto suene el teléfono de su despacho, entro y atiendo la llamada. ¿Quién la hará? ¿Una estación? ¿Una caseta de guardavía? ¿Una comisaría de la policía? ¿La Gestapo? ¿Qué hago si es la Gestapo la que llama? ¿Y qué hago si se presentan aquí? Mientras le daba vueltas a estos pensamientos, en el despacho de Fobich sonó el teléfono.

—El jefe de sección Fobich al habla —oyó decir Rada. Escuchó. No acertó a oír exactamente lo que Fobich decía. Después de la breve conversación, el jefe de sección permaneció sentado y siguió trabajando. Su teléfono volvió a sonar varias veces en el transcurso de la tarde, y después de cada una de aquellas llamadas el jefe de sección permanecía sentado, continuando con su labor. De pronto entró en el cuarto de Rada y dijo:

–Ah, Rada, todavía estás aquí. Me alegro porque quiero darte unos cuantos encargos para mañana; tengo que salir de viaje a primera hora.

Le entregó algunos documentos e impartió una serie de encargos. Luego regresó a su despacho. Al instante sonó el teléfono.

–El jefe de sección al habla –oyó decir Rada.

Fobich, que cuando entró en su oficina llevaba ya el abrigo puesto y sostenía el sombrero en la mano, había vuelto desde las escaleras a su despacho para saber qué significaba aquella llamada. Tras cogerla, en su estancia se hizo el silencio, por lo que Rada creyó que la conversación telefónica había terminado y que Fobich había abandonado el despacho y el edificio.

De repente, oyó su voz. Debía de haber ocurrido algo. Tenía la voz incontrolada. Tenía un timbre distinto. Gritaba con impaciencia:

–¡Siga! Le oigo. ¡Siga! –Y otra vez–: ¡Siga! –A continuación gritó–: ¡Llamaré dentro de cinco minutos! ¡No se aparte del teléfono!

Rada supo que Fobich acababa de recibir la noticia de una catástrofe ferroviaria. El tono de su voz lo delataba. Costaba reconocerla. Tenía el timbre desesperado de alguien que presencia con horror el derrumbe de una casa.

Rada permaneció sentado. Su corazón latía desenfrenadamente. No se movía. Pensó: ¡Ha salido bien! Pensó: ¡Lo he consumado! Pensó: No lo he consumado, pero he colaborado y ha salido bien. Pensó: Si Edmund lo supiera, estaría orgulloso de mí. Su voz ya no me gritaría: «¿Por qué no cumples con tu deber, papá?».

En el despacho de Fobich volvió a sonar el teléfono. Rada no entendió lo que se hablaba, pero oyó una palabra que lo llenó de honda alegría: «municiones»; se repitió varias veces y se escuchaba con claridad. La voz seguía incontrolada, era la de Fobich y no lo era; el hombre parecía haber perdido los estribos. Rada pensó: Está consternado. Tras el descarrilamiento de Karlín no lo estaba tanto. Lo ocurrido hoy ha debido de ser mucho más grave que aquello. Ahora tengo que dominarme. Tengo que estar sereno, tengo que portarme de manera que no se me note nada. No debo ponerme colorado. Se levantó y se acercó al pequeño espejo de la señorita Puhl colgado junto a la ventana. Observó que tenía las mejillas pálidas. No debo estar pálido, no debo presentar un aspecto sospechoso, pensó, y se frotó las mejillas con ambas manos mirando al espejo. La sangre le volvió a la cara. Pensó: Ahora ya no pueden sorprenderme, ahora estoy preparado para todo. Regresó a su mesa, se sentó y hundió la mirada en un expediente.

Al momento, el despacho de Fobich se convirtió en un maremágnum de voces. Rada no supo identificarlas. Oyó las pisadas de gruesas botas de caña alta. La puerta se abrió de golpe. Fobich apareció en el umbral. Rada vio al ministro y varios uniformes negros. Fobich estaba muy pálido. Miraba fijamente a Rada, como si no lo reconociera, y dijo:

–Rada, ha ocurrido una desgracia… Hoy hay servicio permanente… Quienes sigan en las oficinas tienen que quedarse.

Cerró la puerta. Los hombres se marcharon. Se instaló un silencio de muerte. Fobich había abandonado la oficina con el ministro y los uniformados de negro.

Rada llamó a la puerta del despacho. Nadie contestó. Abrió la puerta. Se acercó al escritorio de Fobich. Vio un papel. En el papel estaba anotado el número 36. Nada más.

Rada supo: 36 vagones.

18

Jarmila trabajaba en una fábrica de componentes aeronáuticos. En la granja, las manos finas, delicadas y sensibles de la estudiante de Medicina se habían vuelto ásperas y agrietadas. Las finas, delicadas y sensibles manos de la estudiante de Medicina estuvieron destinadas a curar; las manos ásperas y agrietadas estaban destinadas a destruir. Jarmila llegó a la fábrica con el propósito de ser herramienta de la destrucción. Cuando llegó a la pequeña ciudad fabril de Moravia, le pareció fácil continuar, de otra forma, la actividad destructora que había desempeñado con éxito en la granja. Pensó que para perjudicar al enemigo daba lo mismo una granja que una fábrica. Supuso que en la fábrica de aviones podría causarle bastante más daño que en la finca agrícola. El daño que le causaba en la finca al enemigo, éste apenas lo notaba; el expoliador que saqueaba Europa entera no se veía debilitado de forma notable si una mínima parte del cereal que robaba era pasto de las llamas. En cambio, todo avión defectuoso aceleraba la derrota del Tercer Reich.

Jarmila captó, ya en la primera semana, que los alemanes habían implantado en la fábrica un servicio de vigilancia que convertía cualquier sabotaje en una tarea imposible. Gran parte de la mano de obra checa había sido deportada a Alemania. Se trasladaba a mano de obra alemana a Bohemia y Moravia para dificultar los intentos de sabotaje de los checos. Al lado de cada trabajador checo había un nazi. Si un trabajador checo parecía sospechoso, le ponían a un alemán a su derecha y a otro a su izquierda para que los dos lo observaran sin tregua. Los capataces y jefes de taller eran enemigos. El director era un prusiano afiliado al partido nazi desde 1924. Los obreros checos no tenían derechos. Estaban subalimentados. Eran esclavos. El director no consideraba necesario ocultar su odio a los checos. Dijo a los capataces alemanes:

—No tiene sentido tratar bien a los checos. Nunca nos van a ayudar por voluntad propia a ganar la guerra. Tenemos que obligarlos. Nada conseguiríamos con halagos y reclamos. Tenemos que amenazarlos. Tenemos que hacer realidad nuestras amenazas. Tenemos que mostrarles cada día que están completamente a nuestra merced. Quien incurre en una falta, por mínima que sea, no tiene derecho al perdón. Es preciso que el primer intento de sabotaje sea castigado con tanto rigor que no se repita. Tenemos que hacer ver a los checos que aplastamos como chinches a cualquiera que nos cause problemas. Vamos a demostrarles que no dudamos en ejecutar a diez trabajadores si uno comete sabotaje. Eso corresponde a los deseos del Führer y a los requisitos de la guerra total.

Entre los seiscientos obreros había pocos nativos. La mayoría de los obreros checos, al igual que Jarmila, se encontraban allí por sanciones. Por eso, el director consideraba la fábrica una colonia penitenciaria. Era un hombre de cincuenta años, alto y pesado. Tenía una cara enorme, ojos diminutos y azules, nariz menuda y respingona, una boca llamativamente pequeña, brazos poderosos y piernas no menos poderosas. Jarmila se sobresaltó cuando lo vio por primera vez. Fue sobre todo aquella boca pequeña en la cara enorme lo que le produjo escalofríos.

El trabajo le resultaba pesado. También en la granja era pesado, pero allí no había sentido el peso de las faenas. Había ofrecido resistencia al enemigo, le había hecho daño, su vida tenía sentido. Ahora le parecía que en la granja había estado como en el paraíso. En la fábrica, en cambio, servía a la maquinaria de guerra del enemigo; ese pensamiento era más extenuante que repetir siempre el mismo movimiento de la mano con el que llenaba las horas de trabajo. Ver a los guardias alemanes era deprimente, como era deprimente ver a los obreros y las obreras checas que no se atrevían a pensar siquiera en oponer resistencia. ¡Qué distinta había sido la comunión de todos los checos en la granja! Allí, desde el primer día, Jarmila había visto a todo checo y a toda checa como aliados dispuestos a luchar. Sin duda, los trabajadores de la fábrica no eran menos valientes; pero muchos de ellos desconfiaban de cualquier extraño. En la fábrica, los trabajadores tenían prohibido hablar. Pero incluso después de la jornada estaban por lo general mudos o monosilábicos. A Jarmila eso le inquietaba.

Vivía en una casa para obreros donde compartía cuarto con dos checas. Eran mujeres jóvenes cuyos maridos habían sido deportados a Alemania. Věra, de veintiocho años, guapa y de pelo castaño, estaba amargada y apagada. Después del trabajo se sentaba en su cama y miraba al vacío. A veces, recibía carta de su marido. La contestaba enseguida. Mientras escribía, sus labios no paraban de moverse en silencio como susurrando palabras de cariño.

Mařka, un poco más joven y de pelo rubio rojizo, leía novelas de detectives siempre que podía. A menudo, se detenía en la lectura y refería el contenido de una escena. Jarmila le daba a leer libros más valiosos pero Mařka les encontraba poco gusto.

—Quiero distraerme —decía—, no quiero pensar. No quiero volverme loca.

Una noche, tiró la novela de detectives al suelo y dijo:

—¿Cuánto tiempo más va a durar esto, Jarmila?

Jarmila se sentó a su lado y dijo:

—Quizá un año. Quizá dos o tres. Pero algún día se acabará. También depende un poco de nosotros el tiempo que dure.

—¿De nosotros?

—De ti y de mí y de cualquiera que tenga la voluntad de acelerar el fin del régimen nazi.

—Mi marido dijo lo mismo. Me gustaría saber lo que piensa ahora.

—¿No se atreve a decirlo en las cartas?

—Escribe poco. Sus cartas son horrorosas. Me gustaría saber qué le escribe a Věra su marido. Pero nunca me enseña una carta. Me gustaría saber si todos los hombres deportados a Alemania escriben cartas tan horrorosas como las que escribe mi marido.

—¿Acaso la censura alemana le permite hablar de lo que hace? ¿Decir que no le dan de comer? ¿Qué es de lo que más se queja?

—No dice que tenga poco de comer. Tampoco que lo traten mal. No dice nada de eso. Y sin embargo sus cartas son tan horrorosas que me hacen temblar cada vez que llegan.

–¿Ha perdido el ánimo?

–De lo único que escribe es de nuestro hijo. Dice: «Cuando voy al trabajo pienso en nuestro Vojtíšek. Y cuando salgo de la mina y vuelvo a ver la luz del día pienso en nuestro Vojtíšek». Eso lo pone en todas las cartas. La última fue particularmente horrorosa. Decía que solicitó permiso de vacaciones y que se lo denegaron. No quieren que los trabajadores checos vayan a casa y cuenten cómo está Alemania. Le dijeron que dentro de un año le permitirán marcharse a casa quince días. Dice que no piensa en otra cosa que en esas vacaciones. «Dentro de un año», dice, «nuestro Vojtíšek cumplirá cinco. Un chico grande. Apenas lo reconoceré de lo grande que estará, dice. A veces olvido que soy un ser humano porque vivo como un animal, dice. Pero cuando pienso que el año que viene podré ir a veros estoy feliz.»

–No sabía que tuvieras un hijo –dijo Jarmila.

Mařka se quedó callada. Věra, sentada sobre su cama, remendaba medias. Al oír las últimas palabras de Jarmila, levantó la cabeza y le hizo una señal. Jarmila no adivinó lo que significaba el gesto. Al minuto lo supo. Mařka dijo:

–Ya no tengo hijo. Nuestro hijo está muerto.

–Por eso no tiene sentido hablar del hijo –dijo, despertando de su estado obtuso, la callada Věra con un severo tono de censura.

–Disculpa, Mařka –dijo Jarmila–, no sabía que tuvieras un hijo y que…

–Alguna vez quise pedirte consejo –dijo Mařka–. Él no sabe que nuestro Vojtíšek ya no vive. No se lo he dicho.

Jarmila se puso a pensar. Se dijo a sí misma: ¿Qué hubiera hecho yo en su lugar?

Dijo:

–Has hecho bien.

–No lo sé. No se lo he dicho. Pensé que se enteraría a tiempo. Trabaja en una mina. Tiene un trabajo pesado. Y se dice que a los trabajadores forzados checos se les trata mal en Alemania. Debe de ser verdad, pues de lo contrario no habría escrito que vive como un animal. Sería demasiado para él. Pero ya está. Lo he pensado durante mucho tiempo. Al final he decidido no decírselo.

–Está bien, Mařka. Mientras no lo sepa, tiene un sostén. Mientras no lo sepa, no será infeliz del todo.

–Era exactamente lo que yo me decía. Pero, ¿y si viene?

Jarmila guardó silencio.

–Siempre pienso en eso –continuó Mařka–. Dentro de un año le darán un permiso de vacaciones y mandará un telegrama anunciando su llegada. O ni siquiera mandará un telegrama, sino que recibirá el permiso y saldrá enseguida. Llegará y preguntará dónde vivo. Encontrará el cuarto vacío y preguntará dónde trabajo. Le darán las señas. Preguntará dónde está su hijo. No hay ningún hijo, le dirán, en el cuarto viven tres trabajadoras pero ninguna tiene hijos. Irá a la fábrica y me hará llamar. Me besará, pero antes de tocar mis labios preguntará con impaciencia: «¿Dónde está Vojtíšek? ¿Dónde lo tienes?». Entonces tendré que decirle: «Vojtíšek está muerto. Hace tiempo que está muerto».

Soltó un grito:

—¡No puedo decírselo! ¡No puedo decírselo!

Jarmila sintió un nudo en la garganta. Fue incapaz de hablar. Rodeó los hombros de Mařka con el brazo.

—A veces deseo que no vuelva —dijo Mařka.

Jarmila hizo acopio de fuerza.

—No debes pensar en que no lo superará —dijo—. Será un momento horrible, pero cada una de nosotras ha aprendido ya que todo se supera. ¡Cuánta desgracia hemos conocido desde que los nazis nos invadieron! Y se ha visto que no hay golpe de destino que una no supere.

—No hay que hablar de él —repitió Věra en tono de severa censura—. El niño está muerto. Nadie lo puede resucitar. Por eso no hay que hablar de él. ¿Cuánto tiempo llevas viviendo en este cuarto, Jarmila? ¿Cuántas noches has pasado aquí conmigo? Muchas, muchísimas, no sé cuántas. A menudo, cuando Mařka ha ido al cine he estado a solas contigo. ¿Acaso alguna vez te he hablado de él? ¿Acaso una sola vez te he contado que tuvo un hijo? Si no se habla de él, está muerto y se acabó. Si se habla de él, el dolor no podrá pasar nunca.

–No fui capaz de decírselo –dijo Mařka sin hacer caso de las acaloradas palabras de Věra–. Sucedió en nuestro pueblo, cuatro semanas después de su deportación. A treinta hombres casados y veintitrés solteros los habían mandado, junto a él, a Alemania como trabajadores forzados. Casi todos los casados tenían hijos; en algunas familias había cinco o seis. Un mes después de su deportación llegó la orden de que las mujeres se personaran en la oficina de trabajo de la ciudad en determinado día, un martes. Por motivo del apoyo a las familias, que se habían quedado sin alguien que las sustentara, y por el control. Porque a las mujeres sin hijos pequeños las metían entonces en las fábricas de municiones. Decidí llevarme a Vojtíšek a la ciudad creyendo que en la oficina de trabajo no estaríamos más de dos o tres horas y que después volvería con la criatura al pueblo. Pero la mañana del martes el policía del pueblo fue de casa en casa, acompañado por un SS, para decir a las mujeres que la oficina había puesto a disposición un autobús para que todas llegaran al mismo tiempo. Precisó que nadie podía viajar en tren ni llevarse a los niños porque en el autobús no había sitio. A su lado, como ya he dicho, estaba el SS. Dije que yo no podía ir si no me permitían llevar a Vojtíšek. ¿Se puede dejar a un crío de tres años en una casa solo?, pregunté. ¿Dónde estará el niño si todas las mujeres salvo alguna anciana abuela tienen que viajar a la ciudad? Dije que las ancianas que se quedaban en el pueblo no podían hacerse cargo de todos los niños. Entonces el SS empezó a pegar gritos de los que no entendí palabra. El policía me hizo señal de no replicar, de no abrir más la boca. Dijo que los niños se quedarían en la taberna, que había ancianos suficientes que permanecerían con ellos y les darían de comer. Que por la tarde nosotras volveríamos y que por tanto me callara ya y llevara a Vojtíšek a la taberna. Cogí, pues, a Vojtíšek y lo llevé allí. Al principio lloró, pero a los pocos minutos se tranquilizó porque había muchos niños. Yo subí al autobús que esperaba frente a la taberna y nos llevó a la ciudad. Hacía un calor de mil demonios ese día. En la oficina nos hicieron esperar muchas horas en un pequeño cuarto donde estábamos como sardinas en lata y nos sentíamos fatal, no nos dejaban salir al frescor del pasillo. Había un funcionario checo que no podía ayudarnos porque los que llevaban el mando eran dos nazis. Por fin, a las cinco de la tarde, terminamos y emprendimos el viaje de vuelta. Es un trayecto corto, no llega a durar una hora. A las seis menos cuarto, en un recodo de la carretera, asomó el pueblo y fue cuando la Novotná, mi vecina, gritó: «¡María y Jesús! ¡El pueblo está en llamas!». Todas nos levantamos de un salto y vemos que, efectivamente, estaba ardiendo. Muy cerca de la iglesia. «¡Está en llamas la taberna!», grita la Novotná, pero no le dimos crédito, pensamos que era la iglesia la que ardía, era un fuego grande. «¡Vaya más deprisa!», le dijimos al chófer a voz en grito, «¡Vaya lo más deprisa que pueda!», decíamos a grito pelado, y el hombre cogió miedo. Aceleró tanto que a punto estuvo de volcar dos veces. Y la Novotná no paraba de gritar «¡Está en llamas la taberna!», y yo no podía creerlo. Ya estábamos en el pueblo y yo seguía pensando que la que ardía era la iglesia. Frente a la plaza del templo el autobús se paró. El policía y el SS se plantaron allí y nos mandaron retroceder. «¡Nadie puede dar un solo paso adelante!» «¿Está ardiendo la taberna?», gritamos todas. El SS lanzó un bramido en alemán, no entendimos nada, pero nuestro policía checo se quedó sin palabras, no contestaba y estaba blanco como la pared. Entonces supimos que la taberna estaba ardiendo. No nos dejamos frenar, ni siquiera el SS fue capaz de pararnos. Si me hubiera disparado, habría seguido corriendo y las demás, también. Llegamos frente a la taberna en llamas y, tras un breve instante, nos dispusimos a entrar, pero el alcalde gritó diciendo que ya no quedaba nadie en su interior, que todos los niños estaban a salvo. Y yo grité: «¿Dónde está mi hijo?». Entonces me agarraron y me apartaron a rastras. No sé quién me agarró y me apartó de allí. «Tus hijos están en mi casa», le gritó el alcalde a la Novotná. Y yo no paraba de gritar: «¿Dónde está mi hijo? ¿Dónde está Vojtíšek?». Nadie contestaba. Todos se limitaban a gritar: «¡Cállate, Mařka, tranquilízate! ¡Cállate, tranquilízate!». Entonces supe que Vojtíšek había muerto en las llamas. Me desmayé y me llevaron a una casa, no sabía qué me pasaba, sólo por la noche volvía a ser consciente de lo que había ocurrido. No quería salir viva de aquella noche. Pero tienes razón, Jarmila, es verdad lo que has dicho: el ser humano aguanta horrores; de lo contrario, yo no habría sido capaz de sobrevivir a aquella noche. Pues sí, querida, así ocurrió. Mi Vojtíšek no fue la única criatura que murió en las llamas. Se salvaron más de cincuenta niños, pero once murieron carbonizados. Llegó una comisión y estableció que nadie sabía cómo se había producido el incendio. Pero todos sabían que habían sido los nazis quienes habían prendido fuego a la casa. Todos sabíamos que los nazis se habían vengado de nosotras porque, durante mucho tiempo, nuestros maridos se habían negado a ir a trabajar a Alemania. Hubo que forzarlos; si no, ninguno habría ido. Entonces las mujeres cerramos los puños y gritamos a los nazis que nos mataran a todas a palos pero que no toleraríamos que se llevaran a nuestros maridos a Alemania. Los nazis se vengaron porque les mostramos cómo somos y qué pensamos. Nos obligaron a viajar a la ciudad, metieron a nuestros hijos en la taberna y le prendieron fuego. Eso ocurrió el martes. El entierro fue el viernes. El martes siguiente tuve que volver a la ciudad. El funcionario checo me dijo: «Lamento que haya sufrido esta desgracia, pero tengo que hacer lo que me ordenan. Por eso he tenido que citarla de nuevo». Detrás de él había dos nazis que vigilaban. Dijo: «Como ahora ya no tiene un hijo pequeño, está obligada a trabajar en una fábrica. Se trata de una medida coercitiva. Si quiere, puede trabajar aquí, en la fábrica de municiones, donde tendría la posibilidad de ir cada tarde a su casa en el pueblo». Le dije que no. «Quiero marcharme. Lo más lejos posible.» Entonces me mandaron aquí. Aquí nadie me conoce; nadie, salvo Věra, sabe nada de mí ni de Vojtíšek.

Jarmila fue incapaz de pronunciar palabra. También Věra guardaba silencio. Mařka dijo:

—¿Has conocido a los nazis, Jarmila? ¿Sabes cómo son? Antes de marcharme del pueblo, el alcalde me dijo: «Cuidado con tu lengua, Mařka. No puedes probar que fueron los nazis quienes prendieron fuego a la casa. Nadie puede probarlo. Pero ni aunque lo pudieras probar podrías decirlo. Te ahorcarán si se enteran de que lo vas diciendo por ahí. No se andan con chiquitas». «¿Qué me importa?», le dije. «Lo sé y lo sabe todo el pueblo: ¡Fueron ellos los que prendieron fuego a la taberna!». Y él dijo: «Piénsalo bien, Mařka. ¿Es posible que los nazis metieran a los críos en la taberna para quemarlos? A los hombres, hombres adultos, que los miran con malos ojos, los tratan de forma cruel e implacable, eso es cierto. Pero ¿y a los niños? ¿Puede haber personas que quemen a unas criaturas?». Le contesté: «¡Los nazis no son personas! Son peores que unos asesinos. Y yo sé que lo hicieron. ¡Y en el pueblo también lo saben todos!».

Jarmila sopesó las palabras del alcalde. Se hizo a sí misma la pregunta que éste había planteado a Mařka. Quería contestarla de forma justa e imparcial. No quería dejarse influir por la cara descompuesta por el odio de Mařka, una cara que no había visto nunca hasta ese momento. Ni tampoco por las consideraciones del alcalde, que parecían mesuradas y sensatas. Jarmila comprendió que la pregunta a la que tenía que dar respuesta era de suma importancia: no sólo para Mařka y las madres de los niños quemados y el pueblo sacudido por la desgracia, sino para la humanidad entera.

—Escucha lo que te voy a decir, Mařka —dijo Jarmila—. Tu alcalde tenía razón: no está probado que fueran los nazis quienes prendieron fuego a la casa. Por consiguiente, tampoco se puede afirmar lo contrario. No hay que gastar palabras al respecto, está clarísimo. Pero tu alcalde planteó la pregunta de si a los nazis se les puede considerar capaces de prender fuego a la casa para quemar a los niños. Y ésta es otra pregunta; una pregunta muy importante. Quieres saber si he conocido a los nazis, si sé cómo son. Sí, los he conocido. Sé cómo se las gastan. No me gusta hablar de lo que vi y viví en Praga la noche en que irrumpieron en la residencia de estudiantes. Tampoco me gusta contar lo que vi y viví después, en Ruzyně, y más tarde, en el campo de concentración. Ni quiero explayarme ahora sobre esto. Sólo quiero decir: he conocido a los nazis. Sé cómo son. Después de todo lo visto y vivido sólo puedo decir una cosa: no hay crimen del que no se les pueda considerar capaces. Los crímenes que cometieron ante mis ojos son tan monstruosos y claman tanto al cielo que sería ridículo imaginar un crimen del que no se les pudiera considerar capaces. Si se me pregunta, pues, si creo a los nazis capaces de haber prendido fuego a la casa para quemar a los niños, mi respuesta es: ¡sí! ¡Mil veces sí! Y esta respuesta la dará cualquiera que de verdad haya conocido a los nazis. Esto es absolutamente seguro. Pero no menos seguro es que cualquiera que no conozca a los nazis tan profundamente diga que no. ¡Que no son capaces de cometer tal crimen! Y como son muy numerosas las personas que, para su suerte, no han vivido en carne propia ni visto con sus propios ojos la monstruosidad de los nazis, serán muchísimos los que digan que no. ¡Que no son capaces de tal crimen! Pero son los mismos nazis quienes se encargan de que cada vez más personas se percaten de que el nazismo tiene que ser erradicado. Sólo hay que plantearle a la humanidad de hoy la pregunta siguiente: ¿Han existido alguna vez, en un país civilizado, representantes del poder estatal a los que se les pudiera considerar capaces de quemar a niños inocentes? ¡Jamás han existido! Los nazis, sin embargo, han demostrado mil veces, y vuelven a demostrarlo cada día, que son capaces de ese y de cualquier otro crimen. Por eso tenemos que combatirlos y lograr su destrucción; tú y yo y toda persona que sepa cómo son.

Maŕka preguntó:
—¿Qué puedo hacer?
Y Věra hizo la misma pregunta.
Jarmila dijo:
—Todas podremos hacer algo. Llegará nuestro momento.
—Lo mismo me dijo el otro día la alemana que trabaja a mi lado —explicó Věra.
—¿Steffi? —preguntó Maŕka.
—Ésa.

–Hay que tener cuidado –dijo Jarmila–. Una alemana que diga eso puede muy fácilmente ser una espía que quiera pillarte.

–Le dije que no la entendía. –Věra sonrió–. Mi marido me escribió… –añadió, y se quedó en silencio.

–¿Qué es lo que te ha escrito? –preguntó Mařka con curiosidad.

–Podéis leer la carta si queréis –dijo Věra, y extrajo un sobre de su maleta. Nunca había revelado lo que decían las cartas de su marido que releía una y otra vez.

Mařka cogió la carta y la leyó. Después se la dio a Jarmila.

El marido de Věra escribía:

Querida Věra:
He recibido tu carta y vuelve a ser una carta triste. Tengo que regañarte. Es verdad que algunas cosas no son como pudieran haber sido. Yo vivo aquí y tú vives allí. Yo tengo que trabajar aquí y tú tienes que trabajar allí. Después del trabajo estoy tan cansado que no puedo moverme, y tú también estás agotada después del trabajo. No sé por cuánto tiempo seguirá esto así. Todo sería más llevadero si supiéramos cuánto durará aún. O quizá sería más difícil. No se puede saber. Pero por difícil que sea, uno no debe desesperar. Tenemos buenas perspectivas. Saldremos de ésta. Por lo tanto no

debes estar triste. Somos jóvenes y fuertes, capaces de aguantar mucho.

Habiéndose hecho uno su composición de lugar, querida Věra, las cosas resultan la mitad de difíciles. No te dejes convencer por nadie que te diga que esto no mejorará nunca. Volveremos a vivir juntos y nos irá bien. Sólo falta saber cuándo será. Pero tenemos tiempo, podemos esperar. Si la gente dice tonterías, déjala que hable. Pero tú no digas nada. Hay que cuidar la lengua. Si alguien te cuenta cosas que no comprendes, di simplemente que no lo entiendes. Así hago yo aquí. Ya no hay compatriotas nuestros aquí. Sólo alemanes y algunos franceses. Así me resulta fácil decir que no comprendo; de hecho, nadie aquí habla checo. Tú tampoco sabes alemán, de manera que también te lo puedes aplicar a ti misma. Más vale no entender nada que entenderlo mal o a medias. Es lo que te aconsejo.

Quería mandarte un poco de dinero, pero no está permitido. Quizá lleve algo cuando vaya. No sé cuándo será, este año no hay vacaciones. Es lo que nos han dicho, pero quizá cambien de decisión. Hemos conocido bastantes sorpresas malas, quizá las buenas lleguen dentro de poco. Lo principal es que me quieras como yo te quiero a ti.

Tuyo, besos y saludos,
Franta

—Me gusta –dijo Jarmila al devolver la carta a Věra.
—Es un tesoro –dijo Věra, y guardó la carta en la maleta. A continuación dijo–: Steffi siempre quiere venir a verme. Le he dicho que es imposible porque no tengo cuarto propio. Se lo he dicho porque Franta en la carta me ha aconsejado que no hable con la alemana. Le conté que siempre quería hablar conmigo. Siempre se lo cuento todo.
—¿Con quién tiene trato ella? –preguntó Jarmila.
—No lo sé. Dice que no tiene con quien hablar. No entiendo todo lo que dice, yo no sé alemán y ella sabe poco checo. Sostiene que Hitler engañó a los alemanes y que ella no comprende por qué no hacemos sabotaje; cuando sabe que es imposible.
—¿Tiene novio?
—Me ha contado que su novio cayó en Polonia. También cayeron sus dos hermanos.
—Dile que venga –dijo Jarmila.
A la noche siguiente, la alemana llegó con Věra. Al principio estaba quieta y callada. Tenía una cara anodina, pálida y estrecha, difícil de calificar como bonita pero con unos hermosos ojos grises. Tampoco las tres checas se mostraban muy comunicativas.
—Věra me contó que usted estudió Medicina –le dijo Steffi a Jarmila tras un silencio largo y embarazoso–. A mí también me hubiera gustado estudiar pero el dinero no alcanzaba porque los que estudiaron fueron mis hermanos.

—Ahora da lo mismo —dijo Jarmila—. Ya casi se me ha olvidado que fui estudiante.

—¿Piensa continuar sus estudios tras la guerra?

—No me devano los sesos por ello. De momento, todas las universidades checas están cerradas.

La desconfianza mutua cerraba las bocas. De repente, Steffi rió.

—¿Se le ha ocurrido algo gracioso? —preguntó Jarmila.

La alemana volvió a ponerse seria.

—No ha sido nada gracioso —dijo—. Al contrario, ha sido algo triste. Me estaba imaginando lo que diría mi padre si supiera que estoy aquí con ustedes.

—¿Y qué diría?

—Diría que soy una persona sin honor.

—¿Por estar aquí con nosotras?

—Sí. Mi padre es un gran nazi. Soy de Chebsko. Un nazi de los Sudetes es más empecinado que un nazi del Reich. Un alemán que busca la amistad de un checo es, para los nazis de Chebsko, un grandísimo sinvergüenza. Un gran criminal.

—Lo sé —dijo Jarmila sonriendo.

—Debe de saberlo, claro. Pero si no ha estado en Chebsko en los últimos años, no sabe qué dimensión ha alcanzado esa locura.

—¡Claro que lo sé! Pero, afortunadamente, conozco también a alemanes de los Sudetes que son enemigos jurados de los nazis.

–En efecto, hay muchos. Pero también hay muchos cómplices.

–¿Cuándo estuvo usted en Chebsko la última vez?

–Hace un mes.

–¿Y cuál es la situación actual en la región?

–No puedo valorar, como es obvio, cuántos nazis entusiastas sigue habiendo en los Sudetes; lo que sí sé es que en Most, Duchcov, Chomutov y Litoměřice ya son muchos los que maldicen el día en que se convirtieron en súbditos del Tercer Reich. Incluso en Cheb se nota ya muy poco del entusiasmo de antes. Y aún menos en los pueblos. Los campesinos dicen que bajo el régimen checo les fue mucho mejor. No me extraña. Tienen que entregar las cosechas. Tienen que entregar el ganado. Tienen que entregar todo lo que es suyo. Y también tienen que entregar a sus hijos. Ya son muchos los que han caído. En nuestro distrito apenas si queda una casa que se haya salvado. Y cuantas más pérdidas sufren, más sacrificios se les exigen. Es cierto que el problema del desempleo se ha solucionado, pero muchos preferirían estar en el paro antes que muertos. Henlein les prometió libertad y prosperidad y, sin embargo, les trajo miseria y esclavitud. No creo que todavía haya muchos nazis entusiastas en los Sudetes.

–¿Su padre sabe que usted…?

–No. Si supiera que soy del frente antifascista, yo ya estaría en un campo de concentración. Es un hombre infeliz. Mis hermanos han caído, soy la única hija que le queda. Si mi padre perdiera su fe en Hitler, enloquecería de desesperación. Por tanto, se aferra a esa fe. La mayoría de quienes siguen siendo nazis fanáticos no quieren reconocer que fueron engañados.

Jarmila no hizo más preguntas. No sabía si fiarse de la alemana. Tampoco Věra y Mařka abandonaron su reserva. Tenían, como todas las mujeres checas, una formación política. Eran prudentes. Pero cuando Steffi preguntó si podía volver, contestaron que sí con afabilidad.

Volvió al otro día. Y volvió a menudo en las semanas siguientes. Poco a poco, la desconfianza de las checas fue menguando. Jarmila fue la primera en perder su recelo. Věra, siempre consciente de las advertencias de su marido, permaneció fría y reservada durante mucho tiempo. También Mařka se encontraba incómoda, en las primeras semanas, con las frecuentes visitas de la alemana.

—¿Qué querrá de nosotras? Los suyos son nazis. A lo mejor es una espía. Siempre viene a hurtadillas, como una espía —dijo Mařka.

Věra opinaba lo mismo.

—De ninguna manera —dijo Jarmila—. Viene a hurtadillas porque no quiere mostrar a los nazis que se relaciona con mujeres checas. La he examinado a fondo. Me ha contado cosas que no debería contar si estuviera en el bando nazi. Si no puedo fiarme de ella, nunca más podré fiarme de persona alguna.

–Pero no deja de ser una alemana –objetó Mařka–. Y yo con una alemana no quiero nada. Todas las desgracias vienen de los alemanes. Son malas bestias. Si no lo fueran, no habría perdido a mi hijo. Y mi marido estaría aquí y no trabajaría como un esclavo en el extranjero. Ni habría guerra. Y nosotros tendríamos todavía nuestra república. Y todos seríamos felices.

–Lo que dices es cierto si te refieres a los nazis y no a los alemanes indistintamente –replicó Jarmila–. No todos los alemanes son nazis. A los alemanes que no son nazis, sino adversarios de los mismos, los necesitaremos para reconstruir el mundo después de la caída de Hitler. No insistas, Mařka. Steffi es una de las nuestras.

Věra y Mařka respetaron las consideraciones de Jarmila. Se acostumbraron al talante de Steffi y acabaron por olvidar que era alemana, aunque las dificultades del idioma entorpecían la comunicación.

Poco tiempo después, cambiaron las máquinas de la fábrica. Llegó maquinaria nueva. Se comenzó a producir un avión novedoso y la fábrica tenía el encargo de elaborar algunos componentes del nuevo tipo de aeronave.

Steffi comentó aquellos cambios con Jarmila. Las dos se habían lamentado muchas veces de que la rígida organización de la empresa impedía cualquier acto de sabotaje. A menudo habían dado vueltas a la pregunta de qué se podía hacer para burlar la estricta vigilancia. No se podía hacer nada. Habría sido una locura intentar averiar o ralentizar el proceso de trabajo mientras cada obrero era vigilado constantemente. Con la llegada de las nuevas máquinas las dos jóvenes pensaron que su novedad y la consiguiente necesidad de aprender a manejarlas facilitarían los intentos de sabotaje. Pero el director parecía haber previsto el peligro e intensificó el servicio de vigilancia. Durante días enteros, aquel hombre desconfiado se paseaba por las salas de máquinas. Donde aparecía su cara enorme, los rostros de los obreros parecían encogerse. Su boca llamativamente pequeña, que a menudo se abría como para escupir un grito pero casi siempre permanecía muda, recordaba la boca de un revólver. Su nariz menuda y respingona husmeaba sin cesar, como si oliera cadáveres. En efecto, el director Sack barruntaba olor a cadáveres. Ansiaba la ocasión de poder mandar ahorcar a unos cuantos trabajadores checos. Los trabajadores checos lo odiaban, los alemanes lo temían. Era un afiliado al partido muy conocido por los camaradas más veteranos e influyentes. Un hombre ambicioso que nada quería deber a sus viejos camaradas y protectores para atribuírselo todo a su propia valía, que consideraba inmensa. Se preciaba de no haber fallado en ninguna de las empresas que le habían sido encomendadas. Donde él era el amo sólo había esclavos que le obedecían ciegamente. Esclavos de primera clase: los trabajadores alemanes, a quienes de forma paternalista agasajaba con favores como raciones alimentarias más cuantiosas, salarios más altos, alguna recompensa menor; y esclavos de clase inferior: los checos, desde que dejó de haber judíos en la fábrica.

Una vez instaladas las máquinas, el director Sack se vio obligado a contestar numerosas cartas, a su juicio innecesarias, de REICHSWERKE HERMANN GÖRING S.A., titular de la fábrica. Tuvo que buscar mano de obra administrativa. Al no encontrarla en la pequeña ciudad, hizo un repaso de sus trabajadoras. Sabía que había en la fábrica, atendiendo las máquinas, antiguas alumnas de universidad, maestras y funcionarias. Indagó si había entre éstas algunas que fuesen aptas para desempeñar labores de taquimecanografía.

Steffi y Jarmila se presentaron voluntarias. Partiendo de la idea de que como trabajadoras de la fábrica no tenían ninguna posibilidad de causar daño, querían intentar averiguar los secretos del nuevo avión en la oficina del director. Era muy poco probable que el intento prosperase; pero, según dijo Jarmila, había que contar con la suerte, con un gentil azar del destino.

El director no tuvo reparos en trasladar a Steffi, hija de un camarada veterano, a la oficina de la dirección. A las checas, en cambio, no las quiso tener en sus dependencias. Pero al no conseguir un número de administrativas suficiente y después de que Steffi le dijera que la estudiante de Medicina checa era una persona de fiar, terminó por asignar a Jarmila un puesto en su oficina. En ésta trabajaban ahora, junto a Steffi y Jarmila, nueve alemanas y un avejentado funcionario checo, intérprete del director.

Durante la primera semana, las dos jóvenes constataron que era del todo imposible averiguar secreto alguno. Aun habiendo ya presagiado que, por ser legas en materia técnica, toparían con grandes dificultades para llevar adelante su empresa, al poco se dieron cuenta de que ni siquiera un experto en aeronáutica habría logrado encontrar secreto alguno en aquella oficina. No había planes ni dibujos ni descripciones del avión; quizá los documentos estaban ocultos en la vivienda particular del director o en la caja de acero que nunca permanecía sin vigilancia. Las cartas dictadas por el director carecían de interés; solían tratar de plazos de suministro, defectos de maquinaria insignificantes, cuestiones salariales o asuntos de personal. En la oficina reinaba un ambiente asfixiante. En la sala de máquinas Steffi y Jarmila habían disfrutado de una libertad mucho mayor a pesar de la presencia de un considerable número de guardias malvados y meticulosos. En la oficina, Jarmila a menudo se sentía embargada por un malestar físico en cuanto el director entraba en su cuarto. No era un bebedor ni llevaba adherido a su cuerpo olor alguno; así y todo, Jarmila, sin levantar los ojos de la máquina de escribir, notaba cuando el hombre entraba en la estancia; en esos momentos ella se debatía con una desazón visceral. También Steffi se sentía incómoda con el jefe, pero le costaba menos superar su repugnancia y animaba con palabras de aliento a Jarmila, que tenía los nervios a flor de piel.

—No es peor que la mayoría de los nazis de mi zona —decía—. Ármate de paciencia. Si resultara que tú aquí sobras, puedes pedirle que vuelva a trasladarte a la sala de máquinas.

Al principio de la segunda semana, un lunes a las once de la mañana, sonó el teléfono en el despacho del director. Steffi, sola en el cuarto, levantó el auricular. Era una llamada desde Berlín. Pocos minutos antes, el director había salido a uno de los talleres situados en el extremo opuesto del patio.

—Aquí Göringwerke de Berlín, área de producción aeronáutica. Le habla el comandante Brömse —dijo una voz lejana—. ¿Está el director?

Steffi estuvo a punto de contestar que lo mandaría llamar al taller, cuando se sintió sacudida por la esperanza de enterarse de un secreto valioso.

—Lamento decirle que el señor director no está en estos momentos –dijo–. ¿Quiere dejarle algún recado?

—¿Dónde está? Búsquelo si se le puede localizar. Se trata de un asunto sumamente importante.

Steffi dejó de pensárselo. Echó una mirada al patio que el director tenía que atravesar para volver al despacho. No había otro acceso. El director no estaba en el patio, por tanto seguía en los talleres.

—Lamento decirle que el señor director Sack se encuentra de viaje –dijo Steffi–. ¿Qué puedo comunicarle, por favor?

Se sorprendió ante sus propias palabras. Las había pronunciado sin vacilar, con voz firme, aunque le temblara la mano que sostenía el tubo del auricular. Afortunadamente, la puerta cerrada estaba acolchonada. En la estancia inmediata repiqueteaban las máquinas de escribir.

—Qué fastidio –dijo la voz extraña–. ¿Puedo llamarlo a alguna parte? ¿Dónde está?

—No ha dejado teléfono. Tiene algunas reuniones en Brünn y en Olmütz.

—Qué contratiempo. –El comandante de Berlín parecía estar reflexionando. Al cabo de una breve pausa preguntó–: ¿Quién es su suplente?

—Soy yo. Soy su secretaria.

—¿Es usted alemana? ¿Cómo se llama?

—Soy alemana. Me llamo Ilse Schmidt.

Steffi pensó: Estoy loca. No voy a descubrir nada y encima me juego la vida.

–Señorita Schmidt –dijo la voz lejana–. Tiene que encontrar al director enseguida. Dígale lo siguiente: el nuevo tipo de avión está muerto. Ha sido un fracaso supino. Hay que parar su producción inmediatamente. Hay que dar marcha atrás sin perder tiempo. Se reanuda la producción del tipo anterior con la maquinaria antigua, retirada hace poco. El encargo por escrito ya está en camino. ¿Lo ha entendido?

–Perfectamente, señor comandante.

–Da lo mismo que encuentre al director o no lo encuentre. Lo importante es que se dé marcha atrás de forma inmediata. Cada hora de trabajo que se emplee es una hora perdida. ¿Puedo contar con ello?

–Por supuesto, señor comandante.

–Muchas gracias.

Steffi regresó a su máquina de escribir, enganchó un folio y empezó a copiar una carta. El director seguía sin aparecer. Estaba bien que aún no llegara. Steffi necesitaba tiempo para recomponerse. Tecleaba mecánicamente para dar la apariencia de estar muy ocupada. Le había contestado al comandante con voz firme, pero ahora no se sentía dueña de su voz. Temía que le temblara en cuanto tuviera que hablar con el director. Temía que cualquiera con el que hablase notara su estado de agitación.

Una colega alemana le dirigió una pregunta. Steffi le contestó con un movimiento afirmativo de la cabeza. Volvió a copiar la carta para entretenerse. Luego rompió las copias, las tiró a la papelera y respiró con alivio. Había recuperado el dominio de sí misma. Vio entrar al director y lo miró a la cara sin temor ni recelo. El director le preguntó si había despachado el correo y Steffi contestó con voz firme:

–Sí, señor director.

Pensó: La primera parte de la aventura ha salido bien. Sí, señor director. La segunda parte también tiene que salir bien. Sí, señor director. La carta está en camino, la interceptaré. Sí, señor comandante. Sí, señor director. El nuevo tipo de avión está muerto. Hay que parar su producción inmediatamente. Hay que dar marcha atrás sin perder tiempo. Sí, señor comandante, sí, señor director, cada hora de trabajo que se emplee es una hora perdida. Y como cada hora de trabajo que se emplee es una hora perdida y el material que se eche a perder en cada hora es material perdido, no le diré al director una sola palabra de la conversación telefónica. Sí, señor comandante. Y el encargo por escrito que llegará mañana con el primer correo lo haré desaparecer. Sí, señor comandante. Sí, señor director. Y espero que, si tengo suerte, el daño así causado sea enorme. Y si tengo mala suerte y se me descubre, no sentiré miedo. Si la cosa se tuerce, me ejecutarán, lo sé, pero no sentiré miedo. Y no está claro en absoluto que vayan a descubrirme. Si la fábrica sigue produciendo durante unos días los componentes de los aviones inservibles, habré aportado algo. Cada día que la fábrica produzca los componentes de los aviones inservibles habré aportado algo. Sí, señor comandante. Sí, señor director.

Sentada en el comedor durante la pausa del mediodía, Steffi desgranaba en su mente estas razones. Por la tarde temía que el comandante volviese a llamar. No llamó. El director, desde su despacho, realizó varias llamadas, pero ninguna a Berlín. Las máquinas seguían en funcionamiento, en cada máquina se trabajaba: perforando, soldando, torneando, martilleando; los obreros manipulaban el valioso material para fabricar componentes inservibles.

Al anochecer, mientras paseaba con Jarmila por un solitario sendero del campo, Steffi le confesó el secreto.

—Eres la única persona que puede saberlo –dijo–. Si necesito ayuda, serás la única que me ayude.

Jarmila dijo:

—Era mi sueño hacer lo que tú has hecho.

Steffi sonrió:

—No me envidies. Algún día tú también tendrás la ocasión de hacer algo similar. Ya has hecho mucho. En la granja. Ahora es mi turno.

–¡Si al menos pudiese cargar con una parte del riesgo! –dijo Jarmila. Pero comprendió que era imposible.

Se daba la feliz circunstancia de que entre las tareas de Steffi figuraba la de recoger cada mañana en Correos la primera remesa postal para la fábrica. Sin embargo, existía el peligro de que la carta se retrasara; el correo de la tarde era recogido por otra empleada alemana, una fanática nazi.

–Espero que la carta llegue con el correo de la mañana –dijo Steffi–. Sería terrible que la cosa fracasara por culpa de un retraso postal.

La carta llegó sin retraso. Nada más extraer la correspondencia de la casilla de la fábrica, Steffi vio el sobre con el impreso de REICHSWERKE HERMANN GÖRING S.A. Tenía un cuarto de hora justo. Fue a casa, cerró con llave la puerta de su cuarto, abrió la carta y la leyó. Contenía el encargo que ella había recibido por teléfono el día anterior pero no incluía ninguna explicación ulterior. La carta comenzaba con una referencia a la consabida conversación telefónica. Steffi la quemó y salió corriendo hacia la fábrica.

Jarmila supo al instante que Steffi había logrado hacer desaparecer la carta. Su compañera le hizo un gesto afirmativo con la cabeza. Sus ojos radiantes decían: ha salido bien. Al anochecer, las dos amigas volvieron a pasear por el solitario sendero del campo. No se abrazaron, eran muy prudentes aunque no había un alma a la vista. Hablaban sin parar, pero no sabían lo que decían; estaban felices.

Y como estaban felices, Jarmila preguntó:

−¿Desde cuándo eres enemiga de los nazis?

Siempre se había cuidado de hacer esa pregunta. Steffi respondió:

−Desde el día en que mi padre me dijo: «No debes tratar más con checos y judíos». Mi padre siempre había sido un hombre sereno y sensato. «¿Por qué no debo tratar con checos y judíos?», le pregunté. Era un domingo y estábamos comiendo. No olvidaré nunca ese momento. «¿Que por qué?», dijo mi padre. «Te lo voy a decir. Porque es indecente que una muchacha alemana trate con checos y judíos». Y yo contesté indignada: «No lo comprendo. Los checos y los judíos nunca me han hecho nada malo. Son personas como tú y yo». Y él gritó con la cara roja de rabia: «¡Precisamente no! ¡Son subhombres! ¡Las razas inferiores quieren corrompernos porque somos una raza superior!». Cantó todo el abecedario de los nazis, y yo no sabía si reír o llorar. Mi hermano mayor me hizo un gesto con la cabeza. No era nazi. Pero no dijo nada porque papá estaba hecho un energúmeno. Mi hermano pequeño dijo: «El judío es nuestro enemigo. Si llego a verte con un judío vas a ver lo que es bueno». Fue así como empezó. Desde entonces oí esos discursos cada día. Mi padre había perdido el juicio completamente. En otoño del 38, después de la cesión de los Sudetes, estaba como ebrio, lo mismo que mi hermano menor; gritaban de júbilo como si les hubiera tocado el gordo de la lotería. Luego estalló la guerra y mis hermanos cayeron en ella, y mi padre se convirtió en la persona más infeliz del mundo, aunque no lo reconoce. Sigue sin reconocerlo. Ahora está enfermo; es posible que se muera pronto, pero no reconoce que lo engañaron. Mientras yo estaba en casa, tenía que cuidarme de abrir la boca. Mi padre hubiera sido capaz de entregarme a la Gestapo sin pestañear. Desde nuestra ventana vimos cómo los nazis apaleaban a los checos y a los judíos hasta casi matarlos. Vimos cómo personas buenas y honradas que conocíamos desde hacía muchos años eran aporreadas y arrastradas a los campos de concentración. Mi padre se ponía nervioso al verlo. Pero decía: «Es necesario. Para que haya orden en este mundo. Es necesario, ha de ser así». Y yo le preguntaba: «¿Y si matan a millones de personas que nunca han hecho nada malo?». Y él decía y no se cansaba de repetirlo: «Es necesario, ha de ser así». Hasta aquí. Ahora lo sabes todo, Jarmila. No vuelvas a preguntarme nada más. No quiero acordarme ya de mi casa.

Al día siguiente no sucedió nada. Las máquinas seguían en funcionamiento, en cada máquina se trabajaba. Perforando, soldando, torneando y martilleando, los obreros manipulaban el valioso material para fabricar componentes inservibles. Steffi y Jarmila permanecían a la espera. Los alemanes eran reputados maestros de la eficacia; su organización era insuperable, el mundo entero lo sabía. ¿No tendría que descubrirse en cuestión de veinticuatro horas que había un punto débil donde la organización fallaba? ¿Era posible que, pasadas veinticuatro horas, los maestros de la organización siguieran sin darse cuenta de que en una fábrica de la sojuzgada Moravia, que producía componentes aeronáuticos para la aviación alemana, se desperdiciaba material valioso, y valiosa mano de obra, en cada nave, cada puesto, cada máquina? Al segundo día tampoco sucedió nada.

–A estas alturas el daño que sufre la maquinaria de guerra alemana es ya importante –dijo Steffi al cabo de una semana–; durante todos estos días la fábrica ha estado produciendo componentes inservibles. Esto rebasa mis expectativas.

–Estoy perdiendo mi respeto por la eficacia alemana –dijo Jarmila.

–Su aparato está desbordado –juzgó Steffi–. Los nazis ahora tienen tanto que organizar que no dan abasto.

–Esperemos. El descubrimiento puede ocurrir en cualquier instante. Quizá mañana.

–O quizá no mañana.

–Eso. Es mejor pensarlo así: tal vez no suceda mañana.

El descubrimiento se produjo al cabo de dos meses. Llegó una carta urgiendo el suministro de componentes del tipo anterior. El director la leyó con asombro. ¿Se habían vuelto locos en Berlín? ¿Se les había olvidado que hacía tiempo que la fábrica había dejado de producir aquellos componentes para sacar rendimiento al más novedoso logro de la inventiva germana? La carta llegó a las tres de la tarde. A las tres y cinco el director telefoneó al área de producción aeronáutica de la Göringwerke de la capital para esclarecer el error. El empleado con el que habló quedó consternado.

–No lo comprendo –dijo–. Según me consta, la producción del tipo al que usted se refiere fue cancelada en todas las fábricas hace dos meses. El comandante Bröme notificó la medida a todas las fábricas. Por teléfono y por carta. Ahí hay alguna jugada de por medio. Voy a informar enseguida al comandante Bröme. Supongo que se pondrá en contacto con usted dentro de un instante.

Un cuarto de hora después, el director oyó al teléfono la voz iracunda del comandante. Gritaba:

–¡Cancelé personalmente el viejo encargo e impartí el nuevo! Lo llamé personalmente. Como usted no estaba, su secretaria tomó nota del encargo telefónico. ¡Me acuerdo perfectamente! ¡Hice que me diera su nombre: señorita Schmidt!

–Tiene que tratarse de un error: aquí no trabaja ninguna señorita Schmidt, señor comandante –exclamó el director con un susto de muerte.

–No me equivoco, tengo muy buena memoria. Impartí el encargo a su secretaria, que al teléfono se presentó como señorita Schmidt. Pero incluso si hubiera oído mal su nombre (lo que descarto), incluso si la conversación hubiera dado lugar a un malentendido, ¡usted tuvo que recibir el encargo por escrito al día siguiente! Yo mismo dicté y firmé las cartas dirigidas a todas las fábricas. ¿Y usted sigue sosteniendo que no recibió ni el encargo telefónico ni el escrito?

–Señor comandante… No recibí el encargo. Ni por escrito ni por teléfono.

–¿Sabe lo que está diciendo, caballero? Ya puede prepararse para una investigación. Ahora mismo voy a ponerme en contacto con la Gestapo.

El director se quedó varios minutos como paralizado ante su escritorio. Después sufrió un ataque de furia. Arrojó un pisapapeles contra la pared haciendo pedazos un espejo. Abrió con violencia todos los cajones de su escritorio y buscó la carta. A continuación, llamó a Jarmila al despacho.

Su boca llamativamente pequeña, que siempre había suscitado en ella una sensación de asco y espanto, no le causó pavor alguno. Al oírlo bramar, se serenó. Rechazó con serena superioridad todas sus acusaciones. Le gritó a la cara que la haría ejecutar. Cuanto más vociferaba él, tanto más se serenaba ella. Trató durante media hora de avasallarla con preguntas insensatas e incoherentes. Jarmila contestaba de forma escueta, con respuestas claras y tajantes.

Después, el director interrogó a su intérprete, el viejo funcionario checo. A continuación, fue el turno de Steffi, que se había empleado a favor del traslado de Jarmila a la oficina de la dirección y que, por tanto, resultaba sospechosa. Respondió a todas las preguntas y acusaciones con la misma serenidad que Jarmila y terminó diciendo:

—¿Puedo decir lo que pienso, señor director? Considero poco probable que el encargo dado por teléfono y por escrito fuera sustraído. En mi opinión esto es prácticamente imposible. ¿No podría ser que en Berlín simplemente se olvidaran de impartir el encargo a nuestra fábrica?

El director meditó un instante. Luego dijo:

—Entonces estoy perdido.

Prosiguió los interrogatorios con premura febril. Interrogó a todas las oficinistas. Después comenzó a interrogar a los obreros checos; pero de pronto cesó en su furia inquisitiva y se encerró en el despacho.

Contaba con que la Gestapo se presentaría esa misma noche. Podía llegar en cualquier momento. Tenía que tomar una decisión.

A las ocho de la tarde, su decisión estaba tomada. Escribió una carta a REICHSWERKE HERMANN GÖRING S.A., área de producción aeronáutica, explicando que desde 1924 su empeño visceral no había sido otro que servir al partido con anhelo de sacrificio. Que siendo uno de los afiliados más veteranos había trabajado duramente y con tesón por el fortalecimiento de la industria armamentística alemana. Que en los cargos que le asignara el partido había puesto en todo momento el máximo esfuerzo para justificar la confianza depositada en él. Que había descubierto en siete ocasiones actos de sabotaje en las fábricas que había dirigido, dos en Alemania, tres en Polonia y dos en el Protectorado. Que era mérito suyo que cuarenta y cinco saboteadores hubiesen sido eliminados. Continuó:

Ahora ha ocurrido esta desgracia. No puedo entenderla ni explicarla. No sé quién la ha causado. No sé qué cerdo ha cometido este crimen. La responsabilidad recae única y exclusivamente en mí. Mi tarea era impedir toda clase de sabotaje. Por no haber sabido, según parece, estar a la altura de esa tarea, asumo las consecuencias para eludir una sanción que no merezco. No puedo sobrevivir a la

vergüenza de haber perjudicado a la producción aeronáutica alemana en esta, la más dura de todas las guerras; de haberle perjudicado por ser incapaz de descubrir a tiempo el sabotaje checo en la factoría que me fue encomendada. Confío en que se logre dar con los cerdos checos autores de este crimen para llevarlos a la horca. Si, en cambio, el responsable de mi desgracia resultase ser un criminal externo a la fábrica (de Berlín, tal vez), espero que llegue el día en que ese cerdo reciba su justo castigo. Muero con la conciencia de haber servido fiel y entregadamente al Führer y a mi pueblo.
   ¡Heil Hitler!
          Theodor F. Sack

   A las ocho y media se pegó un tiro en la cabeza. Una hora después se presentó la Gestapo. Interrogó a las empleadas de la oficina y a los trabajadores de la fábrica.
   Al cabo de veinticuatro horas los interrogatorios se suspendieron. La infame sospecha contenida en la penúltima frase de la carta de despedida del director fue tomada como prueba de la culpa del suicida.
   Llegó un nuevo director, prusiano. Convocó a todos los obreros y oficinistas y dijo:
   —Advierto a todos los obreros y oficinistas de las consecuencias de un acto de sabotaje. Donde es-

toy yo no hay intento de sabotaje que quede impune. Se lo aseguro.

Steffi y Jarmila se sonrieron. Los directores cambiaron, pero el espíritu de los oprimidos seguía siendo el mismo.

Quizá me cojan, ¿pero qué importa?, pensaba Jarmila. No vamos a ceder.

Quizá me cojan, ¿pero qué importa?, pensaba Steffi. No vamos a ceder.

No vamos a ceder. No vamos a ceder. Al final la victoria será nuestra.

19

Parecía que Rada olvidaba que se estaba jugando la vida. Parecía haber olvidado también que su hijo se encontraba desaparecido y, probablemente, muerto. Hombre quieto y callado, desempeñaba su oficio con parsimonia y serenidad. Cada mañana se dirigía a paso lento hasta su oficina, que lo abrumaba con una insólita carga de trabajo. Cada día resolvía serenamente y sin premura las difíciles tareas que se le asignaban. El jefe de sección estaba satisfecho de su labor. Fobich lo juzgaba de esta manera: «El típico subalterno, pero un trabajador eficaz y solvente». A veces, en los días turbulentos en que esperaban transportes de grandes contingentes de tropa y parecía muy difícil regular el tráfico sobrecargado –con cada mes que pasaba la falta de locomotoras alcanzaba niveles más embarazosos–, Fobich se ponía un tanto impaciente cuando miraba a su auxiliar subalterno, al que solía calificar de «mi mano derecha». El ritmo lento y pausado de Rada parecía una burla a las exigencias de su función. A veces terminaba tarde, con frecuencia después de la medianoche; pero terminaba. Ningún expediente quedaba sin resolver; ninguna demanda permanecía sin respuesta; ningún encargo sufría dilación. Trabajador sereno y parsimonioso, Rada no cometía errores. Sus cálculos siempre eran correctos, Fobich podía fiarse de sus informaciones y documentos. Incluso la señorita Puhl, que entre sus colegas alemanes acostumbraba a describir con ironía la parsimoniosa meticulosidad de Rada, no podía menos que reconocer que era un funcionario ejemplar.

También en casa era sereno y parsimonioso. Por las tardes, retenido por el trabajo, a menudo hacía esperar a Marie largo rato, pero nunca, ni en momentos avanzados de la noche tras catorce o dieciséis horas de servicio, estaba demasiado cansado y exhausto para no tener con ella una conversación que, por lo general, versaba sobre asuntos del hogar, aunque muchas veces también sobre los grandes acontecimientos de los que el mundo andaba lleno. Comentaba con Marie la subida de los precios de los alimentos y la situación de la guerra, los programas de cine de la semana –el matrimonio seguía acudiendo cada domingo a una sesión– y las preocupaciones de la vecina. Lo único de lo que no hablaba con Marie era de su labor de sabotaje y de su hijo. Desde el día en que le confiara que apoyaría la lucha de la organización clandestina, no había vuelto a mencionar esa decisión ni sus consecuencias.

Cuando llegaba a horas tardías, decía: «He trabajado en la oficina hasta ahora». A veces, Marie suponía que no venía del Ministerio, sino que transitaba por azarosas sendas que posiblemente terminaran en la horca. Pero como él guardaba su secreto, se abstenía de cualquier pregunta. Sabía que callaba para no hacerle la vida más difícil, para no aumentar sus preocupaciones. Él, en cambio, no sabía que aquel silencio respetuoso no aplacaba la inquietud de Marie. Muchas veces estaba decidida a pedirle que se lo confiara todo, sus planes, sus preocupaciones, sus esperanzas y acciones secretas. Porque muchas veces le parecía que todo sería más llevadero si él rompía su silencio. Pero una y otra vez una sensación inexplicable le cerraba la boca en el último momento, de modo que no pronunciaba su petición o exigencia. No era una sensación de debilidad, sino una íntima comprensión de su carácter. Respondía a su carácter hacer el bien y callar. Había vivido sin sosiego durante mucho tiempo, había sentido desesperación durante un período; ahora estaba sereno. Marie no dudaba de que fuera a culminar con serenidad su peligroso camino. No debía perseguirlo. No debía perturbarlo.

El primer atentado que logró materializar con éxito le despejó todas las dudas acerca de su capacidad de apoyar la lucha de la organización clandestina. Dominaba con seguridad infalible el campo de trabajo que tenía asignado. El desenlace no estaba garantizado, pero no era asunto suyo pensar en el desenlace, pues no dependía de él. Su tarea consistía en sentar las bases que permitían el acto de sabotaje. De su incumbencia era el primer paso; el desarrollo y el final estaban en manos de los otros, los aliados, o, si el destino lo quería, en manos de los enemigos. El funcionario que había cumplido durante décadas su deber de funcionario no podía razonar de otra manera. Había asumido un determinado papel en la lucha de liberación de su pueblo, una determinada competencia, limitada como la competencia de un funcionario de Ministerio o de cualquier otra oficina pública. Esto suponía un alivio, que le daba a este hombre escrupuloso y cumplidor la tranquilidad de estar a la altura de su tarea. Porque adoraba la estricta separación de las competencias que formaba parte de la realidad de todo funcionario; era un hombre amante del orden. Si, para provocar un siniestro ferroviario, la organización clandestina lo hubiera instado a manipular una locomotora o un enclavamiento novedoso cuyo mecanismo desconocía, se habría sentido inquieto, inseguro e infeliz, porque era un hombre de oficina que sólo se consideraba capaz de un trabajo de oficina y de ningún otro. Incluso si le hubieran mostrado diez veces cómo realizar la manipulación, habría estado inquieto, inseguro e infeliz a la hora de afrontar la insólita operación (años atrás, como funcionario de una estación pequeña, no era tan desvalido). El trabajo que prestaba en la oficina para hacer posible un acto de sabotaje era incomparablemente más difícil y complejo que cualquier manipulación de máquina; sin embargo, le resultaba fácil porque lo consideraba una tarea propia de su incumbencia que apenas se distinguía de su habitual actividad burocrática. Sólo cambiaba el objetivo de aquel trabajo inherente a su función. Cuando después de su primer intento de sabotaje supo que treinta y seis vagones de munición habían saltado por los aires, su corazón entró en un vértigo de desenfrenada alegría. La misma que sintió cuando Marie le dio un hijo. Pero tras los primeros minutos de alegría, satisfacción y orgullo, volvió a la serenidad pensando tranquilamente en su próxima tarea. Debía esa serenidad a la división de competencias que, en la lucha de su pueblo, le asignaba una tarea determinada y bien acotada, no muy distinta de la que habitualmente desempeñaba en su oficina.

Las instrucciones que había recibido de Novák eran sagradas para él. Igualmente sagradas habían sido para él, durante décadas, las instrucciones de la autoridad a la que había servido de forma leal y escrupulosa. Tenía poco sentido del humor; era incapaz de ver el origen común de su lealtad con el deber en la función pública y su lealtad con el deber en la lucha de liberación revolucionaria. Todo su ser y pensar estaba anclado en las instrucciones recibidas de Novák, del mismo modo que durante décadas todo su ser y pensar había estado anclado en las instrucciones recibidas de la instancia superior. Las instrucciones de la organización de lucha clandestina se habían convertido en el eje y la razón de su propia existencia.

A los cuatro días de la destrucción de los treinta y seis vagones de munición, Rada volvió a presentarse en casa de Musil para llevarle toda la información necesaria sobre un gran transporte de tanques previsto para salir hacia la frontera polaca al día siguiente.

—Es usted estupendo, señor Rada –dijo Musil–. Enseguida iré a ver a Novák para darle el material. Pero no creo que lo vaya a utilizar. Mire usted: si cuatro o cinco días después de explotar un tren de municiones se repite una acción similar, Heydrich mandará ejecutar a mil ferroviarios checos cuando menos. Y, sobre todo, no dejaría títere con cabeza en la sección III. En mi opinión tenemos que dejar pasar un tiempo prudencial hasta dar el próximo golpe. Además, si actuáramos cada semana, Fobich no tardaría en descubrir que esos «accidentes» se multiplican desde que usted conoce todos los secretos de su sección. Por otra parte, creo que Fobich tendría los días contados si los «accidentes» se volviesen frecuentes. Eso supondría también el fin de su posición de confianza, que da impulso a toda nuestra actividad.

Rada comprendió las objeciones. Por tanto no quedó sorprendido ni decepcionado cuando, a la noche siguiente, Musil le dijo que Novák quería dejar pasar un tiempo prudencial entre los actos de sabotaje.

–Vuelva dentro de cuatro semanas –dijo Musil–. Novák sólo quiere arriesgar un choque o descarrilamiento al mes.

Transcurridas cuatro semanas, Rada volvió a casa de Musil. Esta vez avisó de la partida inminente de tres convoyes cargados en parte de tanques, en parte de obuses y municiones. Novák decidió hacer descarrilar uno de los trenes, pero las circunstancias no fueron favorables a la operación, de modo que se suspendió en el último momento. Sin embargo, quince días después, un atentado propuesto por Rada prosperó e infligió un grave daño a la máquina de guerra alemana. En los meses del invierno y la primavera de 1942 se materializaron con éxito otros cuatro atentados.

Tras cada uno de estos golpes —las colisiones, explosiones y descarrilamientos ocurrieron en la vía principal y destrozaron un considerable número de tanques, obuses, municiones y piezas de artillería pesada alemana— fueron ejecutados obreros y oficinistas de los ferrocarriles checos. Heydrich se planteó varias veces la destitución del jefe de sección Fobich, responsable de la organización de todo el tráfico ferroviario en el territorio del «Protectorado», pero siempre acabó desistiendo. Fobich le gustaba. Lo citó en dos ocasiones para interrogarlo y pedirle responsabilidades con el fin de proceder a su destitución y arresto. En ambas ocasiones, el general verdugo se dejó convencer por el jefe de sección de que la sección III había prevenido no todos pero sí muchos de los atentados planeados contra los transportes militares alemanes.

—Excelencia —dijo Fobich al general verdugo—, si yo no estuviera a la cabeza de la sección III, durante el invierno pasado habrían perdido la vida miles de soldados alemanes en su traslado al frente. En una semana transporté al frente nada menos que siete divisiones. Para transportar una sola división se requieren sesenta y dos convoyes. En una semana llevé siete veces sesenta y dos trenes militares al frente sin accidente y sin percances. Es un logro, Excelencia; la Dirección General de los Ferrocarriles del Reich Alemán así lo ha reconocido, sin saber que el transporte se habría colapsado si yo no hubiese descubierto a tiempo un complot tramado por ferroviarios de una estación morava. Quizá su Excelencia se acuerde. No es fácil realizar el tráfico ferroviario militar alemán con personal checo. Los checos son un pueblo pertinaz. En la anterior guerra mundial, la mafia trabajó con un éxito inmenso. Los austriacos no pudieron con ella. Los éxitos obtenidos por la mafia en la anterior guerra mundial todavía siguen animando a los checos que han emprendido la actual lucha criminal contra Alemania. Masaryk y Beneš infundieron a los checos ideas que intoxican el organismo del pueblo. El breve período de autogobierno conocido por el pueblo checo fue su perdición. Ese régimen interino es el culpable de que la mayoría de los checos no quieran reconocer su destino natural dentro del espacio pangermánico.

Fueron palabras del gusto de Heydrich. No obstante, el general verdugo se propuso eliminar al jefe de sección tras la próxima catástrofe ferroviaria. Pero ya no tuvo ocasión de hacer realidad su propósito. El 27 de mayo de 1942 fue asesinado en Praga a manos de luchadores por la libertad checos.

El pueblo checo no se atrevió a manifestar su alegría de forma abierta y ruidosa, pero su júbilo secreto fue tan desbordante que hasta los más pusilánimes volvieron a sentirse alentados. Hitler estaba furioso. El régimen de terror de Heydrich había acabado, pero comenzó un régimen de terror nuevo, comparado con el cual el del general verdugo podía calificarse de manso. Para quebrantar de una vez por todas la resistencia del pueblo checo, el máximo jefe de la Gestapo hizo asesinar, el 10 de junio, a todos los hombres del pueblo de Lídice. Las mujeres fueron deportadas a campos de concentración y los niños, separados de las madres. La localidad fue arrasada.

Cuando Rada supo de esta acción, la más cruel de las cometidas por el enemigo, decidió vengarse. Había servido, hasta ese día, a la organización clandestina con lealtad y eficacia. Había asumido de buen grado el compromiso de debilitar al enemigo, explorar los movimientos de sus ejércitos y buscar la paralización y la destrucción de su fuerza. Y lo había hecho. Pero había evitado en lo posible el sacrificio de vidas humanas. Había dado a la organización clandestina la posibilidad de destruir tanques, municiones, piezas de artillería y armas de toda clase. Pero no le había ayudado a hacer descarrilar trenes cargados de soldados alemanes. No quería aprovechar la ocasión de aniquilar tropas alemanas con destino al frente. Se decía a sí mismo: considero que mi deber consiste en hacer ineficaces el máximo número posible de tanques, piezas de artillería y armas de toda índole; pero los soldados enviados al frente no han de morir por mi mano sino en el campo de batalla. No soy hombre de sangre fría que mate de un plumazo a miles de personas facilitando a mis cómplices un determinado número. Después del exterminio del pueblo de Lídice, Rada cambió de actitud. Decidió no respetar más los trenes cargados de soldados alemanes.

Era una decisión que no habría tomado si no hubiera llegado a la conclusión de que era su deber vengar a las víctimas de Lídice. Era el deber de toda persona, y sobre todo el deber de todo checo; Rada lo comprendió. Comprendió que debía decidirse a una acción que aborrecía porque cada vida humana siempre había sido sagrada para él. Comprendió que debía decidirse a aquella acción porque era necesario restablecer el estado del mundo fundado sobre el carácter sagrado de la vida humana.

No lo dudó. Cuando, en la segunda semana después del exterminio del pueblo de Lídice, se notificó a la sección III un transporte de tropas de gran tamaño, Rada fue a ver a Musil. No pudo hacerlo al término de la jornada porque desde el atentado contra Heydrich reinaba en Praga el toque de queda. Tuvo que desplazarse a casa de Musil en la breve pausa del mediodía, haciendo caso omiso a todos los imperativos de la prudencia, pues sólo disponía de cinco minutos para tratar con él. En un papel preparado en su oficina describía el conjunto de medidas adoptadas para transportar, en los próximos dos días, un regimiento de infantería al frente del Este. Apuntó los horarios en que los convoyes, que partirían al día siguiente y subsiguiente, tocarían las estaciones y las casetas confabuladas con la organización clandestina. Le entregó el papel a Musil. Inmediatamente después, volvió al Ministerio, donde llegó sin retraso.

Ese día, Rada perdió el equilibrio emocional que en los meses pasados le había permitido marcharse a casa de forma ecuánime cada tarde y hablar con Marie de los precios de los alimentos, los hechos de guerra o el programa de cine de la semana. Trató de ocultarle su agitación, pero no fue capaz. Marie, durante la cena, lo miraba con gesto examinador, aunque no pronunció la pregunta que tenía en la punta de la lengua. Antes de acostarse, le acarició las manos y la cara. Acariciaba su cara como muchos años atrás había acariciado la cara de su hijo. Rada supo que había ocultado mal su agitación.

Yació muchas horas insomne. A las tres de la madrugada logró conciliar el sueño, pero a los pocos minutos se despertó y se incorporó. Tenía los ojos febriles. Había soñado. Vio la lámpara encendida, vio a Marie. Estaba despierta, no se había dormido porque temía que algo terrible fuera a suceder esa noche. Temía que esa noche la Gestapo llamara a la puerta. Preguntó:

—¿Qué ha sucedido? Dime: ¿qué ha sucedido? Rada la miró con ojos enloquecidos y dijo:
—Estaba soñando.
—¿Con qué soñabas? —preguntó ella.
—Soñaba con que mataba a un millar de personas —contestó—. Veía los cadáveres. Un millar de cadáveres.
—¿Sólo lo soñaste? —dijo Marie—. ¿O de verdad habéis matado a un millar de personas? ¿Habéis conseguido hacer chocar dos trenes?
—Soñaba. Sigo confuso. No me preguntes nada —dijo Rada.
—Si habéis matado a mil nazis, me alegro. Hay que matar a todos los nazis, no merecen otra cosa. Antes no puede haber paz en el mundo —dijo Marie.
Rada apagó la luz y dijo:
—Duerme, Marie. Yo también voy a intentar dormir.
Marie dijo:
—Espero que dejes de soñar. Soñar con cosas horribles.
Se estiró y pensó: Ojalá consiga dormirse. Pero Rada se revolvía de un lado a otro, Marie sabía que no podía conciliar el sueño.
—Trata de pensar en otra cosa —dijo—. Si piensas en algo bonito, quizá puedas soñar con algo bonito.
—No te preocupes —contestó él—. Duerme, Marie.
Pero ella quiso distraerlo y dijo:

—¿Alguna vez te he contado el sueño que me perseguía en mi infancia? ¿Sabes cuándo vine a Praga por primera vez? Era una muchacha de dieciséis años. Antes nunca había estado en una gran ciudad. Mi madre nos decía: «En la Václavské Náměstí de Praga hay una pastelería donde tienen un helado magnífico que no os podéis ni imaginar. Al comerlo, una se siente en el paraíso. No puedo describiros el sabor. Pero una se siente en el paraíso». Estuve años soñando con ese helado. Desde los diez hasta los dieciséis. Soñaba con que mi madre me llevaba a una plaza grande y suntuosa con grandes y suntuosas casonas. Mi madre me llevaba frente a la pastelería y decía: «Ahora vamos a entrar y vas a comer el helado del que tanto te he hablado». Mi madre abría la puerta y nos sentábamos. Mi madre pedía el helado y una muchacha lo traía y lo ponía sobre la mesa. Era un helado enorme, diez veces más grande que el del pastelero del pueblo, y yo estaba muy excitada. «Come», decía mi madre. Entonces yo acercaba la cuchara al helado, y en ese momento me despertaba. Siempre. Seguro que cien veces entre los diez y los dieciséis años.

—Pues era un sueño infame.

—¿Por qué? ¿Porque acababa antes de tiempo? No, era un sueño hermoso.

Permanecieron un rato quietos y callados, luego Marie dijo:

—¿No podrías imaginarte algo hermoso? ¿Algo con lo que soñar?

Rada dijo:

—Y después, cuando tenías dieciséis años, por fin estuviste con tu madre en Praga y fuisteis a la pastelería de la Václavské Náměstí. Y el helado no te gustó. ¿Ocurrió así?

—No exactamente, pero casi. El helado me gustó, pero después nunca más soñé con un helado ni con una pastelería.

Rada sonrió en silencio.

—Que duermas bien —dijo Marie. A los pocos minutos, los dos se quedaron dormidos.

Al día siguiente chocaron, en Bohemia, un tren de mercancías con un convoy repleto de soldados alemanes que se dirigía a Rusia. Los periódicos tuvieron que silenciar la noticia. El sucesor de Heydrich, el jefe superior de grupo y general de la policía Daluege, citó al jefe de sección Fobich y le dijo:

—Caballero, esto no puede seguir así. He mandado ejecutar a varias docenas de ferroviarios checos, pero a pesar de ello no iremos a ninguna parte. A partir de hoy usted garantizará con su cabeza la seguridad del tráfico.

—No puedo —dijo Fobich—. Le ruego que encargue la dirección de la sección III a otro funcionario.

—Queda usted al mando de la sección hasta la próxima catástrofe —sentenció Daluege.

A última hora de la tarde, después de que la señorita Puhl se hubiera marchado, Fobich entró en la oficina de Rada.

—No me siento bien en mi pellejo, Rada —dijo—. Daluege me ha dicho hoy que garantizaré con mi cabeza la seguridad del tráfico.

Rada guardó silencio.

—¿Qué te parece? —continuó Fobich—. ¿Qué puedo hacer? ¿Cómo podrían impedirse todos estos atentados?

—No lo sé —dijo Rada—. Sus ojos de un azul agrisado se cruzaron serios y afligidos con la mirada ansiosa de Fobich.

—¿Acaso no he extremado todas las precauciones? ¿Acaso no he hecho cuanto quepa imaginar para atajar las maniobras de los saboteadores? ¿Se puede organizar el tráfico mejor de lo que lo he hecho yo?

—No. Es imposible.

—¿Qué más puedo hacer entonces? ¿Qué más se puede hacer para que estos atentados acaben?

—Mientras haya ferroviarios checos, los atentados no acabarán.

—¿Y si se despidiera a todos los ferroviarios checos? ¿Y si se ejecutara a todos?

—Tampoco serviría. Mientras haya en el país un solo checo, estos atentados no acabarán.

—Es lo que me temo yo también —dijo Fobich.

Se quedó sentado otro rato mirando con ojos fijos el humo de su cigarro. Después se marchó.

Rada parecía serio y afligido, pero no agitado, cuando llegó a casa. Tras la cena, Marie se sentó a su lado y preguntó:

—¿Qué pasó anoche? ¿Puedes decírmelo ahora?

—No —dijo Rada—. No puedo decirte nada.

Marie lo miró con gesto apenado. Se preguntó si debía conformarse con aquel silencio. Pensó: Desde hace más de veinte años hemos soportado juntos todas las preocupaciones y todas las desgracias. También hemos vivido juntos las cosas hermosas. Y ahora…

Dijo:

—Si no puedes decirme nada, tendré que aceptarlo. Pero piensa si es lo correcto. Sabes que comparto tu destino. Espero que no nos golpee ninguna desgracia. Pero si te sucediera algo a ti, también me sucedería a mí. Si a ti te arrestan, a mí también. Si a ti te ejecutan, a mí también. ¿No es así? ¿No lo has dicho tú mismo?

—Sí…

—No tengo miedo —dijo Marie, y pensó: ¿Sabe él lo terrible que es mi miedo? Espero que no lo sepa—. No tengo miedo en absoluto —repitió—. Pero dime una cosa: ¿está bien que no quieras decirme nada cuando yo tendré que cargar con las consecuencias igual que tú?

Rada se tapó la cara con las manos. A continuación dejó caer los brazos y dijo:

–Pensé que era mejor ahorrarte los detalles. Pero si quieres saberlos… Hemos atentado contra un tren militar alemán. Un tren ocupado por soldados alemanes ha chocado con un mercancías.

–¿Y ha habido un millar de muertos?

–Un millar… no. Por lo que se sabe, de momento, han sido unos veintidós.

Rada no la miraba. Tampoco veía la sala ni la pared de enfrente. Miraba a la distancia. Dijo:

–Ha sido el justo castigo por Lídice.

Se levantó. Le pesaba haber dicho algo. Caminaba, sin sosiego, de un lado a otro de la sala. Luego se detuvo ante Marie y dijo:

–Te ruego que no vuelvas a preguntarme. La próxima vez que intuyas que ha pasado algo no lo digas.

Marie se puso de pie y le dio un abrazo. Dijo:

–Como quieras.

Una semana después, la Gestapo arrasó otro pueblo de Bohemia, Ležáky. Asesinó a la totalidad de los hombres y las mujeres. Al igual que en Lídice, todas las casas fueron destruidas hasta dejar la localidad reducida a escombros y ceniza.

Rada decidió vengarse por Ležáky, lo mismo que había hecho por Lídice. No aprovechó la siguiente ocasión de atacar trenes cargados de tanques, armas o municiones. Esperó hasta el siguiente transporte de tropas de gran tamaño. El 4 de julio se avisó de un transporte de estas características: al día siguiente y al otro partirían hacia el frente ruso diecisiete convoyes ocupados por soldados. A las once y media de la mañana, la sección III había terminado todos los preparativos. Rada memorizó los nombres y los horarios cuyo conocimiento había de permitir la acción de sus cómplices. Dado que el toque de queda se había levantado en Praga, Rada no se vio obligado a desplazarse hasta la casa de Musil durante el descanso del mediodía. Abandonó el Ministerio a las siete de la tarde y se dirigió a la vivienda de su compañero militante.

Llamó al timbre. La puerta se abrió. Pero no fue la mano de Musil la que se tendía hacia el que entraba. Un puñetazo impactó en la sien de Rada. No quedó inconsciente. Luego un golpe le dio en los ojos nublándole la vista cubierta de sangre.

20

Eran las siete y media. Fobich estaba en su despacho. No sabía que Rada se hubiera marchado. Era una tarde hermosa, el cielo lucía azul y sin nubes. Desde el día anterior ya no regía el estado de sitio impuesto en Praga y todo el territorio del «Protectorado» tras el atentado contra Heydrich. Daluege pregonó que sus autores habían sido descubiertos y atrapados por sorpresa en una iglesia de la capital, pero todo el mundo sabía que era una patraña. La elevada recompensa prometida a quienes supieran dar una pista que condujera a su captura no había tentado a ningún checo para cometer esa traición. El ultimátum al que Daluege había sometido al pueblo bajo amenazas monstruosas había vencido sin resultado. Las ejecuciones diarias, los asesinatos masivos, el exterminio y el arrasamiento de Lídice y Ležáky no habían quebrantado la resistencia del pueblo checo. Los hombres que ajusticiaron al general verdugo Heydrich siguieron siendo anónimos y todo el pueblo checo estaba jubiloso de que Daluege –quien no quería ni podía reconocer su fracaso– se viera obligado a afirmar que habían sido encontrados. Hizo ejecutar a unos inocentes que mandó arrestar en una iglesia como los presuntos autores del atentado y levantó el estado de sitio para hacer creer al mundo entero que la Gestapo había cumplido con su tarea.

Fobich llevaba trabajando todo el día. Levantó la mirada y, al ver el cielo azul sobre los tejados, decidió que por hoy bastaba. Los anunciados transportes de tropa de cuya seguridad había de responsabilizarse le habían quitado el sueño en las noches pasadas. No había tal seguridad y nadie lo sabía mejor que él. Pero la vigilancia había sido decuplicada en los últimos días. De ahí su esperanza de que la jornada siguiente transcurriera sin catástrofe. No tenía otro deseo. Había abandonado todos los deseos y esperanzas después de que Daluege le dijera: «A partir de hoy usted garantizará con su cabeza la seguridad del tráfico». Pensaba incesantemente en la frase con la que Daluege lo despidió: «Queda usted al mando de la sección hasta la próxima catástrofe».

Hacía tiempo que sospechaba que había apostado por el caballo perdedor. Dado que los alemanes habían fracasado, al igual que habían fracasado los franceses, en forzar la rendición de los rusos en una guerra relámpago, ya no daba por segura la victoria final germana. Temía que la situación de 1918 pudiera repetirse después de dos o tres años. ¿Qué hacer entonces? Sabía que estaría perdido si los checos tenían mano libre. Sabía que el pueblo checo detestaba y despreciaba más que a ningún nazi a todo checo que se hubiera puesto a disposición de los nazis por voluntad propia. Constataba a cada paso que, a ojos de los checos, era un traidor. Creía que nunca había existido un hombre más trágicamente incomprendido y malinterpretado que él. Se había pasado al bando nazi por haber llegado a la conclusión de que el destino fatal del pueblo checo consistía en entregarse a merced del liderazgo alemán. Había sopesado la situación geográfica de Checoslovaquia y nada más. Había creído que el pueblo checo, rodeado por doquier de la preponderante Alemania, no podía oponer resistencia al gran pueblo vecino. Había tenido por suicida toda resistencia del pueblo checo y considerado indoblegable el poder del Reich Alemán. Había supuesto que los checos sólo podían salvar la existencia si se desligaban de las ideas del humanista Masaryk y aceptaban de buen grado, y con espíritu servicial, el imparable avance del joven y bárbaro movimiento nacionalsocialista. A Fobich no le costaba justificar su traición ante cualquiera, e incluso ante su propia conciencia. No quería comprender a su propio pueblo porque era demasiado cobarde para reconocer ante sí mismo los verdaderos motivos de su actitud. No quería reconocer que era un sibarita mimado que tenía miedo a la dureza de la vida y nunca había estado dispuesto a demostrar su valía luchando duramente. No quería reconocer que había temido perder su cargo, su salario seguro y, quizá, su vida, como le había sucedido a tantos hombres que tuvieron la valentía de enfrentarse a los nazis. No quería reconocer que estaba fuera de toda comunidad. Tampoco quería reconocer que había sucumbido, primero con renuencia, luego con diligencia excesiva, al influjo de su mujer alemana, embriagada por los éxitos de Hitler.

En las críticas semanas del verano de 1938, cuando los planes de agresión del Tercer Reich se pusieron claramente de manifiesto, había meditado fría y sobriamente qué actitud debía adoptar. Cuanto más se imponía la fuerza bruta en aquel momento, tanto más fácil le pareció la elección. Por un lado vio una rebeldía sin perspectiva y el peligro de exponerse a los suplicios de un campo de concentración alemán; por otro, la posibilidad de desempeñar, como uno de los pocos altos funcionarios checos que sabían reconocer a tiempo la necesidad de una «solución realista» al problema checoslovaco, un papel importante y ocupar un puesto acorde con las capacidades e inclinaciones del hombre ambicioso que era.

La amenaza de Daluege había provocado una revolución en su mente. Se decía a cada rato a sí mismo: ¡Nada de pánico! Quería afrontar el peligro de forma racional e inteligente. ¡Qué demonio lo había impulsado a asumir la dirección de la sección III! ¡Qué locura haberse dejado llevar por tanta ambición! Había aspirado a ese puesto porque lo consideraba el más gratificante. Quien demostrara su valía en él podía contar con la máxima recompensa. Pero había subestimado el peligro ligado a esa función. Había creído que el terror del régimen nazi terminaría por quebrantar cualquier resistencia en cuestión de semanas. No había dudado de que la Gestapo castigaría todo intento de perturbar el «nuevo orden» de manera tan draconiana que al cabo de pocas semanas dejaría de haber saboteadores. Los acontecimientos ocurridos en los últimos meses habían demostrado que Fobich no subestimaba la brutalidad de la Gestapo, pero sí el coraje del pueblo checo. Los actos de sabotaje se repetían a intervalos cada vez más breves. Ningún transporte de tropa estaba ya a salvo de atentados. El jefe de la sección III ocupaba el puesto menos agradecido y más arriesgado.

Comprendió que sólo le quedaba una salida: tenía que deshacerse de su puesto. Estudió la conveniencia de recurrir a una enfermedad. Un ministro checo que había elegido esa opción había sido arrestado recientemente en un sanatorio; por eso Fobich dudó en acudir al médico interventor de la dirección de los ferrocarriles para hacerse certificar que sus nervios ya no resistían las exigencias del servicio. El médico oficial era un nazi. La mujer de Fobich lo había invitado a casa varias veces. Era posible que se aviniera a expedirle el correspondiente certificado. Pero refugiarse en un sanatorio no suponía ninguna protección contra un posible arresto, por lo que Fobich meditó sobre una vía de salvación mejor. Empezó a acariciar la idea de emprender un viaje oficial de cierta duración. En los últimos años había estado muchas veces en Berlín por razones inherentes a su cargo. Quizás en Berlín podría obtener el permiso para viajar a Francia, Bélgica, Holanda y Noruega. No era difícil encontrar una excusa. Podía aducir su interés por conocer la organización del tráfico ferroviario en los países conquistados a fin de aplicar en el «Protectorado» las experiencias que fuera a recoger. Su fantasía lo llevaba incluso más lejos. Quizá le sería posible huir por mar o esperar el fin de la guerra en uno de los países ocupados. No tenía una idea clara de las posibilidades que pudieran abrírsele en esos países; pero quería ser frívolo y encomendarse a su frivolidad. Ésta lo había moldeado. Su frivolidad había cautivado a muchas personas, que veían en él a un hombre rutilante, y alejado a muchas otras que lo consideraban un demonio. Él no era ni un demonio ni un hombre rutilante. Era un escéptico que nunca había tenido que arrepentirse de su escepticismo. También ahora, metido en una situación compleja y casi sin esperanzas, confiaba en que su frivolidad lo salvara. Por lo pronto, sólo quería ganar tiempo, sobrevivir al día siguiente. Si los trenes cargados de soldados alemanes lograban, mañana y pasado, cruzar la última estación fronteriza del «Protectorado», no esperaría más y vería cómo deshacerse discretamente de las cadenas.

Eran las ocho. Había estado soñando media hora con las vías de salvación y decidió disfrutar la noche al aire libre. El cálido atardecer lo tentó a desplazarse a la Stromovka. El gran restaurante del parque ya sólo era frecuentado por alemanes, básicamente oficiales y miembros de las SS, y la comida seguía teniendo una calidad aceptable pese a la escasez de alimentos. Era la primera noche después del levantamiento del estado de sitio, la primera noche en que un checo podía de nuevo dejarse ver fuera de sus cuatro paredes. Fobich pensó en si visitar a su amante. Pero enseguida desechó la idea; prefería estar solo y dedicarse tranquilamente a sus planes de salvación. En la Stromovka tocaría seguramente una banda militar. Oír aires de banda militar le gustaba cuando se dejaba llevar por sus pensamientos. Una banda militar no hacía música, sino ruido. Y ruido era lo que necesitaba.

Guardó bajo llave, en su escritorio, todos los papeles y expedientes que había examinado. Todos los documentos estaban impecables. Todas las precauciones para el transporte de tropa del día siguiente estaban tomadas; el tráfico estaba regulado tan escrupulosamente que, según pronóstico humano y salvo fallo del servicio de vigilancia, cualquier siniestro podía descartarse. Fobich se levantó e iba a coger su sombrero cuando sonó el teléfono.

–Diiiiga.

–Cancillería del Protector del Reich. ¿Está el señor jefe de sección Fobich?

–El doctor Fobich al habla.

–Le esperan en la cancillería del Protector. ¿Puede comparecer dentro de veinte minutos?

–¡No faltaba más! Salgo ahora mismo.

–Muy bien. Son las ocho y cinco minutos. Hasta las ocho y veinticinco pues.

Un brusco escalofrío le recorrió los huesos. Había mantenido la conversación de pie. Tardó un minuto en recapacitar, pero no tenía tiempo que perder. ¿Qué quería Daluege? En los últimos días no se habían registrado incidencias de gravedad en ninguna de las vías. Quizá deseaba oír que la sección III había mantenido la más estricta confidencialidad, como había ordenado, para asegurar los grandes transportes de tropa previstos. Quizá deseaba repetir su advertencia o reforzar su amenaza. ¿O había alguna sorpresa embarazosa? No resultaba en modo alguno agradable verse citado de golpe y porrazo a la cancillería del Protector del Reich.

Consultó el reloj. Habían pasado dos minutos. No había ya taxis en Praga, tenía que coger el tranvía. Tuvo que esperar su llegada varios minutos. Tuvo que correr después de bajar. Corrió al Hradčany, apremiado, sin aliento. Ya no era joven. Ya no podía correr como un soldado al que le ordenan «paso ligero». Pero él, jefe de sección, director de la sección III, corría precisamente como un soldado al que le mandan correr a «paso ligero». Se detuvo un momento. Pensó: No he corrido como un soldado, he corrido como una liebre perseguida.

Miró el reloj. Eran las ocho y veinticinco. Todavía le quedaban cinco minutos por lo menos. Decidió dejar de correr; decidió andar. No despacio, pero tampoco deprisa. De todas formas ya no llegaría puntual; daba lo mismo que el retraso fuera de cinco minutos o de siete. Pensó en qué diría. Pensó en qué contestaría a la pregunta de si avalaba con su cabeza la seguridad del transporte de mañana. No, no cabía esperar esa pregunta. Esa pregunta Daluege ya la había contestado. «Garantizará con su cabeza...». ¿Quería aquel hombre temible repetirlo o era algo distinto lo que se traía entre manos? Pero no necesariamente tenía que ser una cosa temible, se decía Fobich a sí mismo cuando por fin alcanzó el portón principal del castillo. Quizá quiera cumplir mi deseo. Quizá me libere de la sección III. Quizá me dé otro puesto. Quizá...

Dejó de pensar. Estaba frente a los centinelas del portón principal. Se identificó. Un SS lo condujo hasta la escalera. Por un corredor estrecho pasaron a un ala lateral del complejo. Fobich preguntó:

−¿Vamos bien? La cancillería del señor Protector no está por aquí.

El SS no contestó y siguió caminando. Se detuvo frente a una puerta y llamó.

−Sí −se oyó una voz.

El SS abrió la puerta y le indicó que entrara.

Entró. Se encontró en un lujoso salón de tamaño mediano en el que nunca había estado. En uno de sus rincones se hallaba un suntuoso escritorio. Detrás del mueble había un joven oficial de las SS que dijo:

−Haga el favor de acercarse.

Fobich caminó hasta el escritorio y se presentó. El joven oficial de las SS sonrió, pero en vez de presentarse se acomodó y dijo:

−Tome asiento, señor jefe de sección.

Fobich se sentó. Estaba sorprendido. Había esperado que lo recibiera el jefe superior de grupo y general de la policía Daluege. ¿Qué significaba que Daluege encargara a un joven oficial de las SS la recepción del visitante? ¿O no se trataba de una visita sino de un interrogatorio? Fobich lo temía porque el joven oficial de las SS no dijo su nombre. Era a todas luces una persona de excelentes modales, no uno de los numerosos oficiales de las SS y cuadros del partido cuya condición de ladrones y asesinos se apreciaba a primera vista. Un hombre esbelto, imberbe, muy elegante. Su pelo castaño tenía una raya central. Su frente era clara, casi blanca. Tenía manos delgadas, inquietas, que jugueteaban con una pitillera dorada. Le ofreció un cigarro y, volviendo a juguetear con la pitillera, dijo:

—Señor jefe de sección, lamento haber tenido que pedirle que interrumpiera su importante labor. Pero tengo la misión de recabar de usted informaciones que nadie más puede facilitarnos. Descríbame de la forma más pormenorizada y exacta posible la organización de su área.

Fobich reflexionó: ¿tenía que responder a un interrogatorio o dar una charla? ¿La charla de un especialista que trata de explicarle arduos problemas técnicos a un lego en materia? Empezó por describir la diferencia entre una red ferroviaria en tiempos de paz y una en tiempos de guerra para luego exponer las dificultades que había tenido que superar debido a la falta de solvencia del personal y, a continuación, presentar de forma fácilmente asequible los más importantes procesos técnicos que posibilitaban el funcionamiento del complejo aparato. El joven oficial parecía escuchar atentamente. Su cara pálida y bonita no revelaba ni impaciencia ni aburrimiento. Sus ojos de color marrón claro observaban con cortesía al que hablaba con viveza, mientras sus manos no paraban de juguetear con la pitillera. Era el único movimiento del joven oficial que desconcertaba a Fobich. En dos ocasiones, el teléfono interrumpió el relato. Las dos veces el oficial cogió el auricular sin decir nada, escuchó mudo y se limitó a pronunciar un cortés «disculpe» dirigido a Fobich antes de colgar. Fobich no sabía cuánto tiempo más tendría que hablar. El tema daba tanto de sí que difícilmente podía agotarse en el transcurso de una reunión vespertina, pero los detalles técnicos apenas podían ser de interés para un profano. Como el oficial no revelaba signo alguno de impaciencia, Fobich no cesó de hablar. Al cabo de media hora preguntó:

–¿Quiere que termine? He dicho, a grandes rasgos, lo principal. Temo que los detalles que estoy describiendo puedan aburrir a un oyente no experto en asuntos de ferrocarriles.

–En absoluto –dijo el oficial–. Le ruego que siga.

Fobich continuó, pero empezó a sentir una inquietud creciente. Surgió en él la sospecha de que el oficial, pese a su mirada de atenta cortesía, no lo escuchaba, sino que perseguía un objetivo siniestro con el dilatado relato que le imponía.

El que hablaba fue interrumpido en mitad de una frase. Entraba un ordenanza. El oficial se levantó, pidió disculpas y abandonó la estancia con el hombre. Fobich consultó el reloj. Pasaban cinco minutos de las nueve y media. Había transcurrido una hora entera. Escuchó. No oyó nada, parecía que en la estancia contigua no había nadie. También en el corredor reinaba un silencio absoluto. Pasó un cuarto de hora y el oficial no volvía. Fobich miró el gran retrato de Hitler colgado entre dos ventanas. Encendió un cigarrillo. No tengo nada que reprocharme, pensó. He servido a Hitler con lealtad. He sido un buen administrador de la sección III. Nadie lo hubiera hecho mejor. Me he prestado a aceptar el sambenito del traidor, me he puesto sin rodeos del lado de los alemanes desde el primer día, tienen motivos sobrados para estar satisfechos de mí. Tienen que estarme agradecidos, pues no habrían encontrado a otro capaz de regular el tráfico ferroviario con la misma eficacia. Los actos de sabotaje fueron inevitables, no se me puede culpar de los mismos. En cuanto el joven vuelva, le diré todo esto.

Pasó otra media hora. Fobich encendió un segundo cigarrillo. Decidió abandonar la estancia una vez que hubiera terminado de fumárselo. Quizás al joven oficial se le había olvidado que tenía una visita en el despacho.

Mientras Fobich trataba de convencerse de aquella interpretación inocua del hecho de hallarse solo, el sudor de la angustia le brotó en la frente. Sabía que no había en aquel lugar movimiento, llamada telefónica o comunicación de ordenanza que fuesen inocuas. Las dos llamadas telefónicas tenían que ver con él. La comunicación del ordenanza, también. Apuraba el cigarrillo con ansiedad pero apenas se atrevía a respirar. No se atrevía a abrir la puerta ni a abandonar la estancia. Se sorprendió cuando el joven oficial reapareció al cabo de otro cuarto de hora y le dijo con una sonrisa cortés:

—He tardado, pido disculpas.

Fobich iba a ponerse de pie.

—Por favor, no se levante, señor jefe de sección —dijo el joven oficial, que se sentó ante el escritorio y cogió un cuaderno de notas. Fue entonces cuando Fobich advirtió que el hombre, que durante su relato no había parado de juguetear con la pitillera, había considerado superfluo apuntar una sola palabra. Si hubiese tenido el encargo de informarse sobre los procedimientos de la sección III o la técnica de regulación del tráfico en general, habría tomado notas o apuntado alguna palabra. Mientras cogía el cuaderno, su bonita cara adoptó una expresión más dura, más decidida, se diría que tensa. Debe de ser un aristócrata, tal vez perteneciente a la nobleza báltica, conozco a algunos con ese aspecto, pensó Fobich, al tiempo que se ponía en alerta porque sospechaba que el objetivo de su comparecencia estaba a punto de aclararse.

–¿Cuál es su relación con los funcionarios de su área, señor jefe de sección? –preguntó el oficial.

Fobich no pudo ocultar su asombro.

–Mi relación… Excelente, pienso. Trabajan con aplicación, se comportan correctamente y no me dan motivos para hacer de jefe antipático.

–Tiene en su secretaría una tal señorita Puhl, alemana. ¿Está satisfecho de ella? ¿La considera honesta?

–Sí. Sin duda alguna, hasta donde la conozco. Naturalmente, sólo la conozco de la oficina y no sé nada de su vida privada.

–Por supuesto. ¿Considera usted que la señorita Puhl ama la verdad?

–Por lo que me consta, la señorita Puhl no me ha mentido nunca.

Fobich vio que el joven oficial sonreía y se creyó en la necesidad de corresponder a su sonrisa. Comentó sonriente:

–Pero debo añadir que, por lo general, sólo el esposo o el amante se ven en la situación de conocer al detalle el amor a la verdad de una mujer.

El joven oficial dejó de sonreír. Apuntó algo en su cuaderno, examinó a Fobich con la mirada y dijo:

—La señorita Puhl afirma que usted se tutea con el funcionario subalterno Rada, una especie de escribiente. ¿Es verdad?

Fobich estaba preparado para todo menos para esa pregunta.

—Es correcto —dijo—. Es que Rada...

El joven oficial lo interrumpió:

—Dígame una cosa, señor jefe de sección: ¿es habitual en este país que un alto funcionario (porque después del ministro y el jefe de cancillería usted es el máximo funcionario de su Ministerio) se tutee con un pequeño subalterno, un escribiente?

—Es lo que quería esclarecerle. Rada y yo fuimos al mismo instituto. Es mi viejo compañero de instituto. Y en una ocasión, hace unos cuarenta años, me salvó la vida. Estuve a punto de ahogarme en el Moldava.

—¿Fue ése el motivo por el cual lo destinó a su sección o ya trabajaba en ella antes de su llegada?

—Fui yo quien promovió su traslado a la sección III. Pero no lo hice sólo por gratitud. Rada es una persona extraordinariamente fiable y leal con el deber. La fiabilidad en persona, por así decirlo. Me constaba que en la sección III había un gran número de funcionarios poco fiables. Necesitaba un auxiliar de cuya honestidad pudiera fiarme al cien por cien. Fue por eso por lo que mandé trasladar a Rada a mi sección.

–¿Qué tareas le asignaba?

–Las insignificantes y las más importantes. Es un trabajador excelente. Un burócrata sin imaginación, pero uno que no comete errores. Lo calculado por él no precisa de comprobación. Es correctísimo.

El joven oficial tomaba nota celosamente. Fobich lo observaba sumamente inquieto, encendió un cigarro y dijo:

–Perdón: ¿me permite saber por qué Rada se ha convertido en persona de interés?

El oficial levantó la mirada y dijo con mucha cortesía:

–Claro que sí, señor jefe de sección. Rada ha sido detenido esta tarde. Ha sido detenido en casa del hombre que ha originado las últimas catástrofes ferroviarias.

Fobich se levantó de un salto.

–¡No es posible! –exclamó.

–Siéntese –dijo el oficial–. Veo que está usted sorprendido. Entonces no sabía que Rada es uno de los autores de los complots ferroviarios que tan grave daño han causado al ejército alemán.

–Sigo sin poder creerlo. ¡Rada! ¡Josef Rada! Me resulta inimaginable.

–Fue él quien hizo posible estos choques, descarrilamientos y otros siniestros al delatar todas las precauciones secretas de la sección III. Por tanto, usted no sabía nada de eso.

—¿Cómo iba yo a sospechar semejante cosa? ¡Rada es una persona a la que nadie hubiera creído capaz de cometer actos similares! Me parece completamente increíble que haya podido traicionarme de esa manera... Me gustaría saber cuándo empezó a relacionarse con esos criminales. ¿Me permite saber si ya lo han interrogado?

—Después de su detención estaba bastante aturdido y no fue posible interrogarlo enseguida. Por eso me he permitido entretenerle durante este rato. Pero por fin se ha recuperado y tengo aquí el informe sobre su primer interrogatorio. Se niega a revelar los nombres de sus cómplices.

—¿Ha confesado?

—Sobre usted, señor jefe de sección, se ha pronunciado claramente y sin vacilar. Ha confirmado lo que usted me acaba de decir: que estaba en la inopia e ignoraba el papel desempeñado por él. Al parecer, cree hacerle un favor con esta declaración.

—¿Cómo? ¿Qué quiere usted decir con eso?

—Pues es muy difícil interpretarlo de otra manera, señor jefe de sección. Se ha descubierto que la sección III ha sido el foco de las criminales maniobras cuyo fin último es la paralización del tráfico ferroviario en el territorio del Protectorado y la destrucción de la maquinaria de guerra alemana. Rada cree eximirle sosteniendo que usted no sabía nada y desconocía su papel. Le habría hecho un favor mejor si le hubiera acusado de complicidad. Porque entonces se habría entendido que quiere arrastrarlo a la perdición por ser su adversario político y un sincero amigo del pueblo alemán.

–¡Esto es una barbaridad! Disculpe. No quiero perder los estribos. Pero no comprendo… Si declara verazmente que yo no tenía idea de su actividad criminal… ¿cómo se puede interpretar eso en mi contra? ¿Cómo se puede sospechar de mí? ¿De mí, a quien todos los checos llaman traidor?

El joven oficial se puso de pie. La insinuación de una sonrisa se esbozaba en sus comisuras.

–No es asunto mío contestar esta pregunta –dijo con mucha cortesía–. No debo entretenerle más tiempo.

Echó la cabeza hacia atrás.

Fobich hizo una leve reverencia. Se dirigió a la puerta y la abrió. Frente a la puerta había dos SS. Se pusieron a su derecha y a su izquierda. No lo esposaron, pero atravesaron el estrecho corredor flanqueándolo, oprimiendo al hombre consternado. Por una estrecha escalera lo condujeron al patio. Allí esperaba un automóvil. Se subieron a él.

21

En un cuarto con rejas había ocho hombres sentados en un banco corrido. En el extremo izquierdo se encontraba Musil. A la derecha se encontraba Fobich, de pie. Les quedaba media hora de vida. La ejecución de las penas de muerte estaba fijada para las doce del mediodía.

Musil miraba cada poco la puerta enrejada, como si todavía viera la espalda de Rada. Habían venido a por él hacía cinco minutos. A los nazis no les bastaba con ejecutarlo; lo obligaron a presenciar la ejecución de su mujer. Lo condujeron al patio. La ejecutaban en ese momento o en los próximos minutos. Se lo llevaron esposado. Caminaba en silencio. No reveló ni con un ay lo que sucedía en su corazón. Sólo se vio que le temblaba la espalda al pasar por la puerta enrejada.

Musil no apartó la mirada de aquella puerta. Pensó: Dentro de un instante habrá superado lo peor. La ejecución de las doce es menos grave.

También Fobich miraba la puerta, pero no pensaba en el suplicio que Rada sufría en esos momentos. Pensaba en su propia mujer, que en los últimos días había obtenido el divorcio. No había sido un buen marido, nunca se había ocupado mucho de ella, la había engañado una y otra vez, pero ella nunca se lo reprochaba. Nunca se había mostrado ofendida. Pero ahora, tras su arresto, lo había visitado sólo una vez: para comunicarle que se divorciaba. Fobich no tenía nada que objetar. Estaba muy de acuerdo. No se sentía herido.

Le hería, en cambio, que no pudiera sentarse en el banco junto a los otros condenados. Ninguno quería estar sentado a su lado. Se sentó en el extremo derecho del banco, pero el hombre de al lado se levantó. Después se levantó el siguiente, que tampoco quiso estar sentado junto a él. Se levantaron uno tras otro, de modo que al final se quedó a solas en el banco. Entonces se levantó y los otros volvieron a sentarse. Lo que más le hirió fue que también Rada se levantara. Es una vileza, pensó Fobich. Él es el culpable de mi desgracia. Es culpa suya que yo tenga que morir. Y se niega a sentarse a mi lado.

Se acercaban pasos. Chirriaban hierros. Llevaban a Rada de vuelta al cuarto con rejas. No lloraba, pero había llorado; tenía mojadas sus pálidas mejillas, y en sus pestañas quedaban lágrimas. Las piernas le temblaban de tal modo que a duras penas alcanzó el banco. Musil le hizo sitio en el extremo izquierdo.

–¿Ya no nos darán de comer? –preguntó el hombre sentado a la derecha de Musil.

–No nos vamos a morir de hambre hasta las doce –dijo el hombre sentado en el extremo derecho del banco.

–Me apetecen un par de salchichas –dijo el hambriento.

–Salchichas de los tiempos de paz, con rábano picante y una jarra de Pilsen. Pero de los tiempos de paz, no del brebaje que hacen ahora.

Musil no quería mirar a Rada. Le habría gustado decirle: «Rada, límpiate la cara». Pero no lo dijo. Sentía la necesidad de hablarle. Pero se dominó y esperó a que fuera Rada quien dijera algo. Sintió alivio cuando a los pocos minutos éste levantó la mano y se secó la cara con la manga de su chaqueta de preso.

–Ya falta poco –dijo.

–Un cuarto de hora, calculo –dijo Musil. Se volvió hacia Rada y continuó–: Si lo pienso bien… Es un milagro que no lo hayan cogido.

Rada asintió, pero señaló con un gesto de la cabeza que la guardia podía oír cada palabra.

Musil sonrió.

–No te preocupes –dijo–. Esos botarates hoy saben menos que antes de los interrogatorios.

Ya no temía que la Gestapo lograra capturar a Novák. No lo habían capturado hasta ese día, se podía dar por seguro que ya no lo atraparían. Musil pensó con satisfacción en los intentos frustrados de la Gestapo por encontrar el paradero del «principal cabecilla». Pensó con satisfacción en Novák y los demás militantes cuya identidad la Gestapo no logró establecer. Pensó: Continuarán la lucha. Nada se pierde con nosotros. Hemos hecho todo lo que hemos podido, el trabajo que queda se lo tenemos que dejar a los demás.

Musil estaba sumido tan profundamente en estos pensamientos que se le olvidó que había llegado el último cuarto de hora. Miró a Rada, quieto e inmóvil a su lado, y dijo:

–Sólo lamento una cosa: que nuestra vecindad en la colonia de huertas no haya podido hacerse realidad.

Rada no se movió. Sus piernas habían dejado de temblar. Aquellos ojos serios de un azul agrisado ya no revelaban lo que habían visto. Dijo:

–Siento no haberte conocido antes. Habríamos sido buenos amigos.

Musil dijo:

–Somos buenos amigos.

Rada dijo:

–Sí. Es verdad.

Desde el exterior llegaron voces, gritos.

Los condenados pensaron que el tiempo había acabado. Fueron poniéndose de pie. Primero se levantó el hombre sentado en el extremo derecho del banco, luego su vecino. Rada fue el último en levantarse. Se quedó al lado de Musil. Estaba solo y perdido, como si todos los demás ya se hubieran ido.

Los pasos de marcha de un pelotón de soldados se fueron acercando. La puerta se abrió.

TAMBIÉN EN ESTA COLECCIÓN:

Marcella Olschki
UNA POSTAL DE 1939

Marcella Olschki era hija de padre judío. Un hombre bueno, según nos cuenta ella misma en esta novela autobiográfica, y separado del mundo por la doctrina racista del régimen de Mussolini.

Estamos en 1939, en el Liceo Ginnasio Dante de la ciudad de Florencia. La guerra es inminente y el fascismo lleva más de una década implantando sus razones en todas partes, también entre los jóvenes que, como Marcella, «se inician a la vida».

Se mezclan aquí el dulce primer amor y el desamparo ante las injusticias de un profesor de camisa negra y mano alzada en saludo romano. Una simple postal (una travesura todavía infantil a la vez que afirmación de un espíritu independiente) provocará una tormenta aparentemente pequeña, pero muy reveladora del carácter humano y, al fin, de una significación terrible.

Es ésta una pequeña historia agridulce y de una belleza delicada, tan de otro tiempo; una novela evocadora, de aulas y fin de la adolescencia, de amistades y de miedos; que no defraudará, como decía la propia autora, a los puros de corazón y a los que aman la justicia hasta en los actos más nimios.

«Me aseguraron que esta novela sutil y armada con tan sólo unas pocas escenas habría de gustarme, por cercanía a mis libros. Unas pocas palabras, dijeron, le bastan a la autora. Después de su lectura, yo obré del mismo modo: la recomendé a otro lector. Para que no se perdieran estas hermosas palabras de Marcella Olschki.» *Natalia Ginzburg*

«Escrita con una frescura insólita y una precisión que recupera el sabor de época, no necesita enfatizar la irracionalidad del absurdo que le tocó vivir; nos lleva delicadamente al corazón mismo de la infamia, sirviéndose apenas de unos trazos de tan excepcional eficacia narrativa que se graban en la memoria del lector al transferir su espinosa experiencia con el escrúpulo de quien comparte un dolor.» Francisco Solano, *El País*

«Bellísima novela de iniciación y heroica rebeldía ante los atropellos de una dictadura.» Mercedes Monmany, ABC